Françoise Bourdin

Françoise Bourdin avait le goût des personnages hauts en couleur et de la musique des mots. Très jeune, elle écrit des nouvelles ; ainsi, son premier roman est publié chez Julliard avant même sa majorité. L'écriture se retrouve alors au cœur de sa vie. Son univers romanesque prend racine dans les histoires de famille, les secrets et les passions qui les traversent. Elle a publié une quarantaine de romans chez Belfond depuis 1994 – dont quatre ont été portés à l'écran –, rassemblant à chaque parution davantage de lecteurs. En 2022, *Un si bel horizon* est sorti chez Plon. Françoise Bourdin est décédée en décembre 2022 et ses tout premiers romans, *Les Soleils mouillés* et *De vagues herbes jaunes*, ont été réédités aux éditions Récamier.

DE VAGUES HERBES JAUNES

ÉGALEMENT CHEZ POCKET

L'Homme de leur vie
La Maison des Aravis
Un mariage d'amour
Un été de canicule
Rendez-vous à Kerloc'h
Objet de toutes les convoitises
L'Inconnue de Peyrolles
Un cadeau inespéré
Les Bois de Battandière
Une nouvelle vie
Nom de jeune fille
Sans regrets
Mano a mano
D'espoir et de promesse
Les Sirènes de Saint-Malo
Serment d'automne
Dans le silence de l'aube
Comme un frère
Dans la fosse aux lions
BM Blues
Un soupçon d'interdit
La Promesse de l'océan
L'Héritier des Beaulieu
La Camarguaise
Au nom du père
Face à la mer
Le Choix des autres
Hors saison
Quelqu'un de bien
Le meilleur est à venir
Un si bel horizon
De vagues herbes jaunes

Les diptyques

Le Secret de Clara*
L'Héritage de Clara**
Les Années passion*
Le Choix d'une femme libre**
Une passion fauve*
Berill ou la Passion en héritage**
Les Vendanges de Juillet* & Juillet en hiver** (en un seul volume)
Le Testament d'Ariane*
Dans les pas d'Ariane**
D'eau et de feu*
À feu et à sang**
Gran Paradiso*
Si loin, si proches **

Françoise Bourdin présente

Galop d'essai

FRANÇOISE BOURDIN

DE VAGUES HERBES JAUNES

RÉCAMIER

Publié pour la première fois en 1974, aux éditions Julliard
ISBN : 978-2-266-34430-2
Dépôt légal : octobre 2024

À François Coret.

L'on sort, sans autre but que de sortir, on suit,
Le long de la rivière aux vagues herbes jaunes,
Un chemin de gazon que bordent de vieux aunes.

Paul Verlaine.

Préface

Très chers lecteurs, très chères lectrices,

Si vous lisez cette préface c'est que quelque chose a changé, c'est que Françoise Bourdin n'est plus. Plus là pour vous faire voyager au rythme des histoires qu'elle inventait, que vous étiez nombreux et nombreuses à attendre avec impatience.

C'est pour cela que nous, ses deux filles, prenons dès lors la plume, afin de vous présenter ce livre, si particulier pour de nombreuses raisons. Il s'agit de son deuxième roman, *De vagues herbes jaunes*, publié pour la seule et unique fois en 1974, adapté immédiatement à l'écran, dans un film tout aussi introuvable que le livre l'est. Ouvrage que nous avons voulu sortir de l'ombre où il dort depuis cinquante ans, pour vous en proposer aujourd'hui une réédition.

Doté d'un titre emprunté au poète Paul Verlaine, qu'elle admirait beaucoup, ce texte a été écrit alors qu'elle avait seulement vingt ans et toute la flamboyance de la jeunesse. Elle débutait dans son métier, même si deux ans auparavant l'éditeur Julliard acceptait de publier son premier livre, *Les Soleils mouillés*.

À ce jeune âge pourtant, elle avait déjà connu des drames, et venait tout juste de perdre son père qu'elle adorait. Cependant, avec sa force de caractère légendaire, elle s'accrochait à ses rêves, à son but. Et ce qu'elle souhaitait par-dessus tout, c'était poursuivre sa carrière d'écrivaine.

Elle s'est donc lancée dans la rédaction d'un nouveau manuscrit, celui que nous avons choisi aujourd'hui, en concertation avec son éditeur, pour le rendre à ses lecteurs et à ses lectrices, désormais si nombreux.

Ce livre, nous en avons vu la tranche toute notre vie, longtemps seul au milieu d'autres auteurs, puis accompagné de ses autres titres, dont le nombre grandissait, avant d'avoir la curiosité de le lire. Comme nous l'avons été alors, vous serez probablement un peu surpris par les différences d'écriture que les dizaines d'années qui séparent ses textes actuels de celui-ci peuvent révéler. Néanmoins, dans ces pages vous trouverez tous ses thèmes de prédilection : le poids de l'héritage familial, le rapport à la terre et à la nature, la maison au cœur de toutes les intrigues… C'est incroyable de constater à quel point tout était déjà présent.

Ce roman est pour nous un diamant brut, où elle s'est dévoilée, a mis bien plus d'elle-même que dans la suite de ses ouvrages. Son héros, le solitaire Cyril, qui arpente son domaine, le Peyrou, à l'abandon avec son cheval et son chien, est en effet empli de nostalgie et de tristesse. Des traits de caractère qu'elle partageait avec son double de papier mais qu'elle essayait de tenir à distance. Cette propriété fascinante existait bel et bien dans le monde réel, l'a inspirée, et a servi de décor lorsque *De vagues herbes jaunes* a été porté à l'écran. Poussée par un amour passionnel comme on ne le ressent jamais mieux qu'à cet âge, elle partait de Paris dans sa Spitfire et avalait des kilomètres jusqu'au Lot, où elle retrouvait l'univers de « Caminade » : une maison sublime qui s'écroulait par endroits, des montures prêtes à partir en balade dans les écuries, et le propriétaire des lieux, un amant de vingt ans son aîné. Elle nous a si souvent parlé de cet endroit... À ces souvenirs se sont ajoutés ceux du tournage : un incendie à reproduire, des chevaux qui au départ ne voulaient pas prendre la fuite pour les besoins de la caméra, puis que l'équipe a mis des heures à retrouver dans les prés de la campagne autour de Cahors, des discussions avec la jeune réalisatrice Josée Dayan et surtout le choc lorsqu'elle a entendu le comédien Laurent Terzieff prononcer ces mots : « Ça va, c'est l'hiver... », ses mots à elle.

Nous n'avons pas souhaité changer la moindre virgule, car ce roman lui appartient. C'est le témoignage de son époque, et il est à l'image de ce qu'était Françoise Bourdin ces années-là.

Cela a été un choix difficile pour nous, ses filles, de ne pas garder ce trésor égoïstement. Il était caché depuis de si nombreuses années, comme un souvenir de famille, un talisman, que nous aurions pu relire de temps à autre, dans le secret, lorsque le manque deviendrait trop fort et que nous voudrions reconvoquer encore le souvenir de notre Maman adorée. Mais elle serait sûrement fière de savoir que nous avons accepté de le partager avec vous, ses lecteurs, qui comptiez tellement, de vous faire ce cadeau, vous à qui elle manque aussi probablement.

Nous vous souhaitons un beau voyage dans le Lot aux côtés de Cyril et de ses démons mais surtout en compagnie d'une jeune autrice en devenir qui avait déjà énormément de talent et toute la vie devant elle.

Fabienne et Frédérique

— On peut visiter ?

Le paysan leva la tête et regarda l'Homme. Ensuite, posément, il suivit la direction indiquée par son bras. Son regard erra sur la colline de la Peyre, sur le plateau de Berganty, puis se posa sur les tours hostiles du Peyrou. La muraille qui descendait, abrupte, jusqu'au Lot, semblait rejeter d'elle-même les questions.

— Non, dit enfin le paysan d'une voix sans timbre.

— Il n'est pas classé ? s'étonnait l'Homme.

— Classé ?

Le paysan se retourna vers son champ. Il aperçut, au loin, son fils sur le tracteur.

L'hiver arrivait, rude.

— Écoutez... commença le paysan, mais il renonça aussitôt. C'est le Peyrou, dit-il encore.

— Il y a des gens, dedans ?

Surpris de tant d'insistance, le paysan fit un effort pour s'intéresser à l'Homme.

— Vous êtes de passage ?

— Oui. J'explore la région. Je fais des études.

L'Homme ne précisa pas lesquelles.

— C'est le Peyrou des Montignac, répéta le paysan.

— Montignac ? Connais pas... En tout cas, c'est dommage. Ça semblait beau...

Le paysan eut un sourire qui ne signifiait rien. Le tracteur approchait, le bruit du moteur couvrit un peu sa voix lorsque, penché vers l'Homme, il murmura :

— N'y allez pas ! Cyril Montignac est fou.

1

L'incendie de Saint-Cirq-Lapopie

Échapperons-nous à l'abîme ? Notre sort est entre nos mains.

Daniel-Rops.

Cyril se redressa brusquement. Ce bruit effroyable d'incendie… Le même cauchemar, toujours. L'église d'Oradour qui flambe avec tous ces gens… L'ombre des Messerschmitt qui plane…

« Pourquoi suis-je né pendant la guerre ? Pourquoi y a-t-il des guerres ? »

Mais Cyril, bien éveillé, entend toujours les craquements et les sifflements caractéristiques. Totoche, le chien, va du lit à la porte d'un air inquiet.

Cyril est aussitôt debout, se précipite à la fenêtre et pousse les volets. Un hurlement jaillit :

— Le Peyrou flambe !

L'escalier, la porte, en pyjama au milieu de la cour, Cyril tremble.

Des flammes de trois mètres s'élèvent au-dessus de la grange.

— Alrick !

Les tours carrées du Peyrou surgissent de la nuit. Les écuries, la bergerie, la grange, tout prend un épouvantable relief. Au pied de la muraille, le Lot, tumultueux, renvoie l'image tordue des corps de bâtiment en feu.

Cyril est arrêté, extatique. Il essaie de dominer la terreur monstrueuse qui l'a envahi. Il se force à regarder les flammes en face.

— Ma maison brûle, articule-t-il bêtement.

Il le constate, s'en persuade, en prend véritablement conscience.

Cyril court maintenant comme un fou, traverse la cour, se bat avec la grille. Totoche ne rit plus. Il aboie désespérément.

— Alrick ! Alrick !

Cyril pleure de rage, il ne sent pas le froid de novembre ni les pierres sous ses pieds nus. Il parvient, épuisé, aux abords de l'écurie. Les flammes de la grange, poussées par le vent, ont déjà attaqué le toit. Un bruit féroce de combat domine l'incendie. Le Peyrou ne veut pas mourir. Ses poutres cèdent en grinçant.

Cyril est à la porte, aveuglé de fumée, frissonnant de peur, de colère. En ouvrant le battant, il reçoit une énorme bouffée de chaleur. Il tousse, s'étrangle, ferme les yeux et trouve à tâtons le chemin du box. Il hurle comme un fou dans l'épaisse nuit qui l'entoure, trouée de flammèches qui commencent à tomber du toit.

— Alrick !

Cyril s'effondre contre la porte du box, il a l'impression que son cœur va éclater. Dans le vide de son cerveau une phrase persiste :

« Sales boches, sales boches… »

Mais pour une fois, les Allemands n'ont rien à voir avec l'affaire. Prendre le temps de sauver Alrick, c'est peut-être condamner tout le Peyrou. Cyril n'a plus d'âge ni de sentiments, il n'a plus ni corps ni douleur, même la peur s'est estompée. Il reste ce bruit épouvantable d'incendie et cette idée fixe de sauver Alrick.

Terrorisé, le cheval se débat au fond du box. Il refuse de sortir et d'affronter le feu. Il se croit plus en sécurité entre paille et bois. Cyril le distingue mal. Il ouvre la porte en criant :

— Va-t'en ! Alrick ! Sors d'ici !

Il le frappe aux naseaux, sur les yeux, partout où il peut l'atteindre, mais le cheval obstiné se cabre contre les parois de sa prison.

Cyril retrouve ses esprits d'un coup. Il se retourne vers le mur, décroche un fouet, trébuche. La chaleur est devenue insupportable. Le toit de l'écurie ne va pas tarder à s'effondrer. Cyril le sait. Il sait aussi qu'il ne quittera pas ce tombeau sans Alrick.

À cet instant précis le Peyrou n'existe plus.

Alrick détale de son box, glisse sur le ciment de l'écurie. Cyril, à bout, entend claquer ses fers. Derrière l'étalon, il évite les flammes pour regagner la sortie. La sellerie est déjà attaquée, le bruit qui règne est intolérable. Cyril se retrouve dehors, se laisse aller sur l'herbe de la pelouse et contemple à travers ses cils l'ignoble et féerique spectacle. Il tient sa selle contre lui, il l'a arrachée en sortant, par un dernier réflexe.

Il faut sauver la maison, au moins. Cyril s'est traîné jusqu'à la jeep. Peu importe où ont fui Totoche et Alrick, ils sont vivants.

Cyril conduit d'une main. L'autre semble paralysée. Il se souvient de tout. Son manque de courage pour rentrer la jeep, son mégot jeté derrière lui. Il est certain de ne pas l'avoir souhaité, même inconsciemment.

L'installation du téléphone, c'était comme les coopératives, des inventions du diable.

Sur la route qui descend, abrupte, vers Cahors, Cyril pleure en conduisant. À travers les tunnels creusés dans le roc les phares de la jeep tressautent. Des morceaux de la montagne semblent vouloir se détacher et venir écraser la voiture. La muraille, à droite, menace. De l'autre côté, le Lot attend dans toute l'horreur de son eau noire qui bouillonne. Les virages se multiplient, se dédoublent. Le vent, là-haut, s'est fait complice de l'incendie.

Laisser brûler le Peyrou, c'était toucher la prime d'assurance… C'était aussi condamner à jamais tous les efforts de Gilbert, de Raoul, d'Adeline, c'était la certitude de le voir disparaître, enfin !… Et c'était devoir affronter, à l'aube, l'image de ses ruines fumantes. Le sauver, c'est tenter d'accorder un sursis aux souvenirs qu'il contient.

— Je ne peux pourtant pas t'assassiner, murmure Cyril.

La jeep bondit sur la mauvaise route. L'incendie du Peyrou a dû se propager très vite. Cyril accélère tout en répétant ce nom rassurant désormais :

— Alrick, Alrick…

Il aperçoit la maison de Mathieu au bout de la ligne droite ; il accélère encore. Toujours en pyjama, il a maintenant très mal à la tête, mais sur ses lèvres fendues, noircies, un sourire vient de naître. Comme c'est étrange de ne pas avoir de chien avec soi…

Cyril freine, se précipite vers la porte, s'écroule contre le battant.

— Mathieu ! Le feu au Peyrou ! Mathieu ! Vite !

Ses cris se perdent au-delà des toits de lauzes dans le silence de la campagne. Une lumière s'allume, les verrous claquent, et tandis que Cyril s'est déjà emparé du téléphone dans le vestibule, Mathieu, mal réveillé, a levé les yeux vers la colline où le ciel se déchire un peu.

*

Il avait fallu tous les pompiers de Cahors et de très nombreux volontaires venus d'un peu partout, de Saint-Géry à Saint-Martin Labouval, pour éteindre l'incendie du Peyrou. Bilan : la grange à foin, l'écurie et la bergerie détruites. Le toit du pigeonnier de droite, anéanti, un corps de bâtiment sérieusement abîmé, la façade noircie et le grand chêne calciné, tordu, sans plus aucun prestige.

— Un minimum, affirmait le capitaine.

La matinée était fraîche. Cyril semblait heureux, un médecin l'avait examiné : rien de grave. Deux ou trois brûlures à la main et probablement un bon rhume. Toujours pas de nouvelles de Totoche ni d'Alrick.

— Peu importe, disait Cyril, ils sont libres, ils sont vivants…

On lui avait arraché le récit de l'incendie par monosyllabes.

Lorsque les abords furent gorgés d'eau, que l'on se fut assuré que plus aucune poutre ne fumait, et que le Peyrou sembla définitivement hors de danger, Cyril, d'un signe de tête, invita les voisins et les pompiers à le suivre jusqu'à la « sallette », vaste cuisine froide et poussiéreuse. Il extirpa une bouteille d'armagnac, disposa quelques verres et resta debout, près de la table, étranger à la conversation.

De temps à autre, un paysan lui jetait un regard interrogateur mais n'osait pas insister. Cyril ne disait rien, ne parlait pas. Louis, le patron du café de Saint-Cirq, faisait honneur à l'armagnac.

Mais Cyril avait envie d'être seul. Il souffrait de façon aiguë d'avoir été obligé de faire entrer tous ces gens au Peyrou. C'était du vol, du viol. Les rires qui fusaient déchiraient à grands traits le brouillard mélancolique de la maison. La sallette aux cuivres rouge terne était devenue salle de restaurant. Cyril se sentait rajeuni, revenu au temps de ce petit garçon qui observait les grandes personnes sans les comprendre, sans d'ailleurs les juger, en les détestant, d'instinct.

Son horreur du bruit le reprenait, il songeait à son chien.

— Montignac, tu bois pas ?

Cyril secoua la tête. Pas question de le déranger de son rêve. La bouteille d'armagnac se vidait, des lambeaux de phrases se heurtaient aux murs épais du Peyrou. Parfois Cyril murmurait :

— Je ne comprendrai jamais rien à cet incendie…

Les autres hochaient la tête en faisant silence quelques instants mais ce n'était pas à eux que Cyril parlait. Il s'étonnait pour lui-même, il se demandait pourquoi et comment il avait trouvé ce courage, cet entêtement nouveau face aux flammes, il s'admirait un peu…

*

On commentait avec véhémence la nouvelle à Saint-Cirq. On interrogeait ceux qui avaient participé au sauvetage. On se perdait en conjectures sur la cause de l'incendie. Louis, dans son café, insinuait que Montignac l'avait peut-être fait exprès pour l'assurance… Mais c'était idiot puisque lui-même avait été donner l'alarme chez Mathieu.

Claire, la femme de ménage qui montait régulièrement au Peyrou, assura que c'était bien dommage que tout ça n'ait pas brûlé d'un coup. Comme ça, on n'en aurait plus parlé. À moins qu'on n'ait parlé que de ça, justement.

Les autres n'étaient pas si méchants. On plaignait un peu Cyril. Un original… Mal élevé par sa mère… Et le vieux Raoul n'avait pas vécu assez longtemps pour lui mettre du plomb dans la tête. D'ailleurs, le plomb, le petit en distribuait depuis des années à tout ce qui bougeait sur ses terres. Oh, bien sûr, il y aurait toujours du gibier au Peyrou tant qu'il n'y aurait qu'un chasseur et personne ne se risquait à braconner sur le domaine des Montignac, mais tout de même ! Les perdreaux et les lièvres n'avaient pas la belle vie !

Les filles du village proposèrent de monter pour voir si Cyril n'avait besoin de rien. On le leur interdit. On se doutait de l'accueil qui leur serait réservé. Après tout, il avait sa jeep, il pouvait descendre.

— Il a offert à boire, au moins ?

Encore heureux ! D'ailleurs il n'a pas pu faire autrement, avec les pompiers, vous comprenez... Toute la caserne de Cahors, parfaitement ! Une vraie révolution nocturne. L'armagnac des Montignac était sûrement le meilleur de la région. Du Quercy tout entier. Si c'était pas malheureux ces vignes tout de même... Si Gilbert avait vu ça ! D'ailleurs Raoul en était mort. À propos, on n'avait jamais plus entendu parler de l'Adeline. Pas une mauvaise femme... Paraît qu'elle serait morte chez sa sœur, à Grézels. Et le fils ? Oh, il s'en moquait, il n'aimait pas sa mère, pas plus que sa terre ni personne. Un fou, quoi, un anormal. On ne lui connaissait pas de vices particuliers et c'était d'autant plus louche.

On n'avait jamais tant parlé des Montignac à Saint-Cirq.

*

Lucien Maroux stoppa sa Renault devant la mairie-école. Il descendit à pied la rue qui menait au bar de Louis. Il était content de retrouver son village. Ses fonctions de maire restaient sacrées à ses yeux. Il se sentait même physiquement responsable du village. Le moindre incident, le plus petit malentendu, la plus sotte querelle le concernait personnellement. Son court voyage à Paris avait été entièrement consacré à des démarches et à des recherches pour Saint-Cirq. Que son village ait été distingué par les Beaux-Arts, tout en le flattant, n'effaçait pas une certaine impression de tristesse, car c'est une part de ses responsabilités qu'on lui enlevait et de ses initiatives que l'on sanctionnait. N'importe, Saint-Cirq était beau, attachant, et supporterait le partage.

Lucien s'arrêta pour rallumer sa pipe. Il se protégea du vent puis releva la tête et examina avec une satisfaction toujours entière les maisons basses aux toits de lauzes qui s'échelonnaient sur les pentes abruptes du village. Des ruelles s'infiltraient partout, grimpant brutalement jusqu'à chaque porte. De loin en loin, le bleu et l'ocre se mêlaient jusqu'au vertige en effleurant le charme d'une architecture sans défauts que rien ne défigurait encore, ni les poteaux télégraphiques ni les très rares antennes de télévision.

Lucien pénétra chez Louis. Il considéra, stupéfait, tous les paysans massés près du comptoir à une heure aussi tardive et sacrée : celle du dîner.

Louis le salua avec exubérance :

— Bonsoir, monsieur le maire ! Alors cette virée à la capitale ? Et le Parisien, toujours aussi pressé ?

Lucien serrait des mains, répondait en souriant.

— Parfait, mon bon, parfait. Mais dites-moi, vous teniez conseil ?

— Non, on discutait de l'incendie.

Lucien pâlit.

— Quel incendie ?

— Vous voyez, sermonna le garde-chasse, il ne faut jamais s'absenter.

— Oui, plaisanta Mathieu, le vieux paysan, vous avez raté quelque chose !

L'ampoule fatiguée qui éclairait le bar réussissait à créer une intimité rassurante entre les consommateurs. Les quelque deux cent cinquante habitants du village se connaissent tous, et prendre un café chez Louis était une façon de se dire bonjour. C'est là également que tous les événements se commentaient, là où l'apéritif ne se buvait qu'au pluriel, là où, au milieu des nappes cirées douteuses et des tables bancales, Louis vendait n'importe quelle boisson avec n'importe quel renseignement.

— Qu'est-ce qui a brûlé ? demanda enfin Lucien avec effort.

Il n'avait rien remarqué d'anormal sur le chemin qui menait de sa maison au village ni dans les rues de Saint-Cirq. Il pensait au Peyrou mais n'osait pas le formuler. On avait fait silence autour de lui, il crut à une catastrophe.

— Montignac ?...

— Non, non, il n'a rien ! rassura Louis de mauvaise grâce. Même que le château est toujours debout. Ça aurait fait du vide s'il s'était effondré ! Rien qu'à lever les yeux on aurait eu peur.

— C'est l'écurie qui a brûlé, reprit Mathieu, et la bergerie.

— Et puis le dessus d'un pigeonnier aussi.

— Mais le cheval s'est sauvé à temps !

Le maire s'était assis lourdement.

— Donne-moi un cognac, Louis, c'est épouvantable.

— Oh, ça aurait pu être pire ! Nous, on disait justement qu'on trouvait ça miraculeux.

Personne n'ignorait à Saint-Cirq l'affection paternelle que Lucien portait à Cyril et on voulait bien l'admettre par respect pour le souvenir du vieux Raoul Montignac qui avait aidé Maroux à être élu et qui avait, pendant longtemps, donné du travail aux ouvriers agricoles.

Il y eut plusieurs tournées. Mathieu expliqua comment il avait été réveillé en pleine nuit. Chacun donnait son avis, sa vision du Peyrou en feu. On admirait les pompiers, on citait Cyril en pyjama au milieu de la cour, l'allée inondée à l'aube, on demandait qui paierait toute l'eau prise sur la commune et on se dispersa très tard.

En quittant le bar, Lucien, instinctivement, tourna les yeux vers la colline de la Peyre. Dans la nuit épaisse qui noyait Saint-Cirq, les cheveux blancs du maire tranchaient étrangement.

*

Il faisait beau ce jour-là sur le Lot. Une de ces matinées exceptionnelles qui font paraître l'hiver moins long pour quelques heures, parce qu'il est baigné de la luminosité particulière aux ciels froids.

Un vent violent balayait cependant le plateau de Berganty. Cyril, indifférent, regardait courir les nuages blancs sur le bleu délavé de l'horizon.

Alrick, Totoche… Où pouvaient-ils être ? L'incendie de la veille avait dû les éloigner. De quelle colline observaient-ils le Peyrou calmé ? Dans quelle vallée s'étaient-ils réfugiés pour oublier les flammes ?

Cyril marchait à longues enjambées, s'arrêtant parfois pour écouter, ou pour examiner une trace de sabots.

Il n'était pas inquiet. Les deux animaux qui étaient depuis longtemps ses seuls compagnons avaient une certaine habitude de la liberté. Totoche partait souvent chasser seul et Lucien enregistrait d'innombrables plaintes. Alrick, lorsqu'il paissait en paix dans les prés du Peyrou, se déchaînait dès que le vent se levait et sautait les clôtures ou les détruisait pour parcourir le domaine à sa guise.

— Alrick !… Totoche, viens, mon chien !

Cyril lançait ses appels d'une voix forte qui descendait les vallées et faisait lever la tête à certains habitants de Saint-Cirq. Il voulait rattraper ses amis plus pour les rassurer que pour les emprisonner à nouveau. Un cheval soleil et un chien terre livrés à leurs craintes…

Cyril, infatigable, parcourait les prés et les champs. Au fond des vallées, en longeant le Lot, il examinait les combes, revenait en plaine, franchissait les rideaux de peupliers et jetait devant lui, au loin, ses yeux de nuit. Remontant les collines, il glissait sur le roc, s'accrochait aux ronces des genièvres. Le vent lui faisait faire des grimaces et lui arrachait des larmes.

Sous lui, en contrebas, la plupart des villageois, massés devant la mairie, essayaient de le suivre des yeux dans sa course.

Vu de loin, le Peyrou apparaissait comme mutilé, un peu noirci, un peu vieilli. Les toits des pigeonniers, usés par le temps, semblaient dangereux sous le vent.

« Peut-être le Peyrou tombera-t-il un jour dans le Lot… Il s'y engloutira d'un coup avec toutes ces pierres si lourdes à porter… »

— Totoche ! Viens…

Une intonation autoritaire. L'attente vaine. La longue marche à reprendre.

« Raoul, Adeline, comment n'avez-vous pas compris plus tôt ? Je ne veux pas mourir étouffé. Le Peyrou est trop grand. Les flammes n'y peuvent rien. Et rien jamais hormis le temps qui passe. »

Cyril aborda le petit bois sans conviction, mais avec son entêtement de paysan malgré tout. Et puis, soudain, un coup dans les bottes de caoutchouc, les jambes qui pliaient un peu sous le choc, un chien qui pleurait à ses pieds, un chien couleur de terre.

Cyril agenouillé près de Totoche, une main sur sa tête, l'autre pour parcourir le pelage sali, collé de boue, une voix rassurante :

— Ah, tu es là… C'est bien. C'est toi qui m'as trouvé, merci. Tu es un gentil chien. Bon, un sur les deux. Tu vas m'aider à chercher ton ami.

Mais à peine sorti du bois, Cyril se mit à rire. Là-bas, au sommet de la colline de la Peyre, se découpant sur un ciel clair, un cheval de feu attendait à sa place habituelle l'appel de son maître.

— Alrick ! Alrick !

Totoche dansait de joie.

*

— À bientôt, m'sieu Montignac !

Y avait-il réellement eu une ironie quelconque dans la voix de la boulangère ?

Cyril traversa la rue et pénétra dans le petit bar de Louis. Il commanda un café-armagnac et s'assit contre la vitre. Le jour se levait sur Saint-Cirq-Lapopie. Les commerçants venaient d'ouvrir et il régnait partout une odeur de café frais. La jeep de Cyril, garée devant l'église, était la seule voiture à cette heure. Une vieille jeep achetée par Adeline, sept ans plus tôt, au Shape de Versailles : une increvable mécanique de l'armée américaine.

« Dieu, ce bruit d'explosion... Quelle est la date exacte du débarquement ? »

— Alors, Montignac, tout va comme vous voulez au Peyrou ? Pas trop de dégâts après l'incendie ? On vous entendait chercher vos bestiaux hier. Les avez-vous retrouvés ?

— Oui, ça va. C'est l'hiver... Je les ai retrouvés, bien sûr. Vous buvez quelque chose, Louis ?

— Un armagnac, merci.

— Resservez-moi alors.

Le buraliste vint s'asseoir à la table de Cyril.

— Comment faites-vous pour vous occuper seul du domaine ? Cela faisait bien cinq ans que je n'étais pas monté chez vous. Y a un peu d'abandon, non ?

Question anodine, mais un éclair dans les yeux de Cyril.

— Je ne m'en occupe pas, Louis. Je m'en fous...

Louis a senti le désespoir dans la voix de Montignac.

— Ben, quoi, vous allez pas laisser tomber le Peyrou, non ?

Cyril ne répondait pas. Il avait détourné la tête et regardait au-dehors. Louis reprit :

— J'ai bien connu votre grand-père... On peut dire que Raoul Montignac aimait son domaine !

Toujours pas de réponse. Cyril empoigna la bouteille d'armagnac et emplit son verre.

— Je vais le mettre en vente.

La phrase était tombée, morne, sans écho. Louis restait ahuri.

— Vendre le Peyrou ? Bon Dieu, pourquoi ?

Cyril sortait un paquet de Gitanes. Il en offrit une à Louis. Il l'observait, amusé. Depuis un siècle, tous les habitants, toutes les générations de Saint-Cirq détestaient les Montignac.

Ce Peyrou qui les dominait du haut de sa colline, également arrogant dans la prospérité ou l'abandon, qui semblait les surveiller sans les protéger, qui bouchait l'horizon de leur liberté et qui défendait son épais mystère avec tant d'innocence, leur était insupportable.

L'incroyable volonté de Gilbert qui produisait du bon vin avec ou sans soleil et faisait pousser du maïs et du blé entre les pierres, l'entêtement du château à rester debout malgré son air penché et en sursis, la fierté pesante de Raoul et la lutte désespérée d'Adeline leur avaient appris à détester le nom même de Montignac. Mais Cyril était le pire, dans sa paresse et son insouciance, dans son orgueil et ses colères.

Plus de lutte. Plus de cultures. Plus de triomphes mais aucun aveu d'échec. Rien. Pire. Le mépris de ces terres arrachées aux friches puis à nouveau libres. De la fausse bonhomie face aux collines sauvages. Plus de vin à Saint-Cirq. Plus de travail pour les ouvriers de la terre.

Cyril n'avait jamais tiré de gloire d'être maître du Peyrou. Mais il y avait en lui trop de race fanée, ternie, et tellement présente, existante, évidente !

La richesse du Peyrou avait suscité des jalousies autrefois, l'abandon d'Adeline avait satisfait, mais à présent, la pauvreté, l'aridité de ces collines, librement consenties par leur propriétaire, obligeaient à une colère injuste.

— Vous connaissez la valeur du Peyrou, Louis ?

— Cent ? Deux cents ?

— Cent vingt au minimum, vide.

— Vous ne trouverez ça nulle part ailleurs…

Les deux hommes parlaient par phrases courtes, entrecoupées de longs silences.

— Les hypothèques, les factures, les créanciers, j'espère aussi ne retrouver ça nulle part ailleurs.

— Empruntez !

— Non. Pourquoi ? Je ne pourrai pas rendre.

— Les vignes ?

— Foutues.

Aucune expression de tristesse ou de regret sur le visage de Cyril.

— C'est exigeant, la terre.

Cyril s'était levé.

— Peu importe. Mettez ça sur mon compte, Louis.

La porte grinça lorsque Cyril sortit. Louis était le premier à connaître la nouvelle. Avant la fin dc la matinée tout le village de Saint-Cirq-Lapopie serait au courant. Mais Cyril avait eu envie de se confier. Fût-ce à ce pauvre Louis bête et bavard. Une obsession depuis la lettre du notaire. À moins qu'il n'ait eu envie de les narguer tous, une dernière fois.

Pourquoi Adeline était-elle donc morte ?

Cyril ouvrit la porte de la jeep, jeta le pain à l'arrière et s'assit. Face à lui, l'église bâtie sur le roc... Cyril pensa soudain que tous les habitants lui étaient hostiles, Louis en tête.

Saint-Cirq... Un village bavard derrière ses rideaux jaunes et festonnés, un tribunal permanent. Mais Cyril riait, penché sur son volant. Que lui importait cette guerre froide ? Il était Montignac avant tout et maître du Peyrou.

Le rire de Cyril mourut sur ses lèvres à la vue du curé qui sortait de son église.

— Le petit Montignac ! Comme c'est rare, Cyril, de vous voir à Saint-Cirq…

Il n'y avait eu aucun reproche dans la voix du prêtre. Cyril, pourtant, était sorti précipitamment de la jeep et se tenait debout devant l'autre, gêné.

— Bonjour, dit-il doucement.

Le curé l'examinait avec curiosité.

— Je me souviens de vous en culotte courte. Vous accompagniez parfois votre mère le dimanche. Enfin, pas toujours ! Lorsque vous n'aviez pas fui ailleurs… Dieu vous faisait-il peur ?

Cyril eut un rire clair avec, dans les yeux, un éclat sincère.

— Mon père, j'ai si peu de souvenirs communs avec Dieu…

Le curé voulut bien sourire. Les deux hommes restaient face à face, méfiants.

— Vous avez peut-être un moment ? demanda le prêtre.

Cyril acquiesça.

— Est-ce que mon chien peut aussi pénétrer dans votre presbytère ?

— Naturellement.

L'intérieur triste d'un curé de campagne accueillit gentiment Cyril et Totoche.

— Asseyez-vous, je fais réchauffer le café.

Cyril n'était même pas sur ses gardes. Il savait trop que le prêtre userait de tout son calme désabusé et de sa plus fine persuasion.

— On dit que le Peyrou va bien mal… Le laisser-aller et puis, cet incendie…

Il s'affairait devant sa cuisinière à charbon, tournant le dos à Cyril.

— Oui, c'est vrai.

— Quel dommage, mon garçon, cette belle terre était un don du Seigneur.

— Une terre méchante, mon père. Elle a tué mon grand-père et ma mère. Je me demande parfois si mon père n'a pas été usé rien qu'à la regarder…

— Et vous, Cyril, vous êtes-vous beaucoup fatigué pour elle ?

— Je ne veux pas, gronda Cyril, je ne veux pas qu'elle me possède aussi.

— Montignac, vous exagérez.

Cyril se détendit.

— Peut-être. Je profite du Peyrou tant que je le peux encore.

— N'avez-vous donc plus de respect pour vos parents, vos souvenirs d'enfance, vos biens, le travail ?

— Tout le pays prétend, mon père, que hormis son chien, son cheval et son fusil, rien ne compte pour le petit Montignac du Peyrou. Je ne veux pas donner tort à vos fidèles.

— Votre humour ne vous sauvera pas, Cyril.

— De l'enfer ? Oh, mon père, y croyez-vous vraiment ?

Le prêtre tournait lentement sa cuillère pour faire fondre le sucre roux.

— Je ne parlais pas de l'enfer ni de l'au-delà, mais de votre vie parmi nous, votre avenir d'homme.

Il y eut un silence, une pause.

— Vous ne venez jamais me voir, Cyril, pourquoi ?

— Oui, mon père, pourquoi viendrais-je ?

— N'avez-vous pas envie de parler un peu ? Je vous plains de la solitude du Peyrou.

Cyril trouvait le café amer, il reposa sa tasse. Le curé leva les yeux vers lui.

— Je suis désolé, je n'ai pas d'armagnac.

Cyril se défendit aussitôt, blessé pour l'autre.

— Non, non ! Pensez-vous…

Le regard de Cyril fuyait celui du prêtre.

— Vous êtes trop sauvage pour être heureux.

— Oui ? Mais qu'est-ce que le bonheur, mon père ?

— Sur terre ?

— Non, ici. Dans le Lot.

Le prêtre sourit.

— Vous êtes comme les enfants qui ne savent encore rien. On a dû vous faire du mal, Montignac.

— Je ne suis pas à plaindre !

Cyril tremblait un peu.

— Je ne voulais pas vous froisser…

Le réveil, sur le buffet, marquait 9 heures.

— Je dois dire la messe. Revenez me voir, Cyril. Vous êtes celui que j'ai attendu à mon catéchisme, vous n'avez pas changé. Vous avez peut-être plus de choses à dire que tout le monde et vous ne les direz sans doute jamais…

Ils se serraient la main, hésitants.

Bien sûr, lorsque Cyril regagna sa jeep, Totoche le suivait toujours.

*

Novembre. Le mois gris sale des tombes. Celui des silhouettes vêtues de noir qui hantent les cimetières de campagne, avec, au bout des bras, des fleurs, une pelle ou un chapelet. La fin mesquine d'une arrière-saison souvent trop belle qui a exposé sans pudeur l'or rouge de ses bois, le parfum étrange des feuilles mouillées et la transparence d'un ciel indécis. Novembre mélancolique qui s'installe dans une couleur plombée, menaçante. Novembre qui exhume les morts de toutes les mémoires, qui calfeutre les portes et rallume les feux sauvages des cheminées. Novembre qui ne s'excuse même pas de passer si lourdement.

Claire se hâtait vers le Peyrou, accablée à l'idée du travail qui l'attendait.

— La poussière que j'enlève, disait-elle volontiers, c'est comme si elle n'attendait que mon départ pour retomber à la même place.

Elle pédala dans la montée pour soulager le vélomoteur et fut contente de pouvoir se reposer un peu, aussitôt la plaine du Peyrou atteinte.

Dans la tristesse de l'hiver naissant, le château lui parut plus imposant, plus sévère que d'habitude.

À raison d'un après-midi par semaine, elle avait décidé qu'il n'était pas question de tout faire. La chambre de Cyril, la sallette, l'escalier, le salon, à la rigueur la bibliothèque du bâtiment gauche, parfois une pièce trop négligée. La vaisselle qui s'entassait, la lessive, et de temps à autre un bouton décousu, une fermeture Éclair coincée. Beaucoup de travail pour un résultat médiocre, éternellement recommencé.

Claire rangea son solex avec soin.

« Naturellement, il n'est pas là... Il doit encore chasser ou arpenter ses terres, indifférent à la pourriture... »

Elle passa la porte, jamais fermée, du Peyrou. Elle ôta son manteau. Se saisissant hargneusement d'un balai, elle se mit au travail.

Elle n'alluma que vers 5 heures.

Claire était la femme d'un maréchal-ferrant. Elle faisait des ménages moins pour vivre que pour tout savoir, trop souvent guidée par la curiosité maladive dont elle entourait tous les habitants de Saint-Cirq et Cyril Montignac en particulier. Elle nourrissait à l'égard du Peyrou la vieille haine commune à tous les villageois depuis trois générations. Et elle le détestait d'autant plus que, pouvant le fouiller à sa guise, elle n'avait jamais rien découvert d'inattendu ou de scandaleux, Cyril étalant sa paresse et le délabrement de sa maison comme deux évidences.

Claire s'interrompit dans le nettoyage d'un carreau et jeta un coup d'œil au-dehors.

— C'est beau tout de même, proféra-t-elle à regret.

De ce côté-là de la sallette, on apercevait la vallée de la Peyre qui s'éloignait vers les bois du fond.

Jadis toute en vignes, elle laissait voir désormais des herbes folles entre les plants noircis et recroquevillés. Quelques cailloux, du genièvre et des orties lui donnaient un air insolent de liberté. La lisière du bois stoppait net ces extravagances. L'abandon du paysage, ces couleurs mélangées, le défi que la nature lançait à l'homme prenaient un étrange relief dans le crépuscule.

Claire se dirigea vers la fenêtre opposée. De là, la cour pavée, protégée par sa haute grille, restait hostile, déserte comme à tout jamais, encadrée de bâtiments noircis par l'incendie, affaissés par le temps, aux toitures douteuses, aux portes gonflées d'humidité.

Frappée par le contraste, Claire revint à ses carreaux abandonnés derrière lesquels la lumière mourait sur la vallée ivre de la Peyre.

Jetant un coup d'œil à sa montre, elle se dirigea vers l'escalier. « Que c'est sale, mon Dieu que c'est sale ! » songea-t-elle amèrement.

Elle poussa la porte de la chambre et s'arrêta sur le seuil, très étonnée. Cyril dormait, roulé en boule sur le lit défait, utilisant pour oreiller un Totoche dont les bons yeux jaunes regardaient Claire avec candeur.

À cause du chien, peut-être, la femme referma la porte en haussant les épaules.

— Jamais vu ça, gronda-t-elle en descendant, jamais.

2

Le maître du Peyrou

Si je le voulais j'irais comme toi, une deux,
sur un vrai cheval mais le mien à moi,
m'obéit bien mieux car il est en bois.

Paul Verlaine.

« Le Peyrou à Saint-Cirq-Lapopie, 28 novembre 1969.

Je ne sais plus pourquoi je me suis appuyé à la porte du hangar où tu es réfugié depuis l'incendie. Tu m'as attiré vers toi comme un grand calme. Ta noblesse ne m'est pas étrangère, tu as la race de cette terre.

Alrick… Tu es aussi un seigneur. Tu m'as regardé avec beaucoup d'attention, une seconde, et puis tu as recommencé à manger. Tu mâches lentement, consciencieusement. Je me demande si tu aimes réellement l'avoine. Tu me ressembles, Alrick. Tu subis la suite des jours, tu aimes le vent, tu ne fais jamais rien d'autre que ce qui te plaît. Pour combien de temps sommes-nous liés ?

Parce que le soir tombe, tu “sais” que ta journée est finie. Comment peux-tu en être aussi certain ?

J’ai levé la tête vers le ciel acier de novembre… Alrik, qu’as-tu fait de ton ami Totoche ? Ce chien aime encore plus la liberté que nous, sais-tu ? Ce n’est pas un seigneur, lui. Totoche est un paysan. Sa robe est couleur de terre. La tienne du soleil.

Toi, c’est Alrick, et moi… Qui suis-je ? »

Le ciel semblait d’acier, c’est vrai, novembre était menaçant. Cyril rêvait, près du hangar. Il avait regardé pensivement son cheval puis il s’était détourné, avait scruté l’horizon bas et conclu que les jours raccourcissaient.

Cyril Montignac, propriétaire du Peyrou. Trente ans sans éclats mais le charme insaisissable que diffuse la sensibilité. Une austérité naturelle, un profond regard blcu aussi intense que le désespoir, un corps long, fin, des épaules un peu voûtées ; des gestes de prince pour accomplir les gestes d’un paysan. Son chien sur ses talons, son fusil cassé, abandonné sur l’avant-bras : un fusil souvent silencieux mais le meilleur fusil du département.

Cyril Montignac, une ombre sur les collines, une mèche de cheveux bruns au vent, une bouche dure, des joues creusées, une démarche de chasseur, une brutalité soudaine, un élan, un recul…

*

Les dernières lueurs du jour lèchent les toits des pigeonniers. La nuit s’installe sans regrets, s’étale, s’alanguit déjà. Elle pèse lourdement sur le Peyrou qui s'assoupit. La demeure a retrouvé son mystère. Cyril rêve encore…

Totoche est arrivé sur le chemin. Il va ainsi, trottant des jours entiers. Il chasse seul, débusque un lièvre, le course, rit, aboie, abandonne.

Totoche cherche son maître, le trouve et se couche à ses pieds. Totoche n'est pas bavard, il ne racontera pas la journée. Épuisé, il s'endort.

Le Peyrou domine la vallée. On devine le Lot et ses cingles, malgré la nuit. Plus près, en contrebas, on aperçoit encore les toits de lauzes de Saint-Cirq-Lapopie.

*

Les Montignac avaient fait l'acquisition du Peyrou en 1892. Gilbert Montignac avait alors quarante ans et ses fils, Raoul et Paul, étaient des enfants.

Le Peyrou, à cette époque, était pratiquement en ruine. Un petit château des XIIIe et XVIe siècles, laissé à l'abandon. Il dominait le village de Saint-Cirq-Lapopie, accroché à flanc de colline comme un nid d'aigle. Triste et menaçant, solitaire et désolé, le Peyrou semblait fait d'orgueil et de sobriété. De ses fenêtres on pouvait voir, au-delà du Lot, Conduché à gauche, le Port plus à droite, puis Tour-de-Faure. De l'autre façade on apercevait la Peyre, Berganty et Crégols en demi-cercle.

Gilbert avait investi tout son argent dans l'achat du château et des terres. Pas par amour du beau, mais pour cultiver les deux cents hectares, dont certains, touchant au Lot, semblaient si riches. Il ne resta plus alors à Gilbert qu'un énorme courage, une volonté de paysan.

Il mit vingt ans d'abnégation dans ses vignes. Son existence mutilée n'était plus qu'une lutte de chaque aube, chaque orage, chaque vendange.

Raoul poursuivit l'œuvre de son père, à peine aidé par son jeune frère Paul, il s'usa sur le Peyrou qui, pièce par pièce, champ par champ, coteau après coteau, année après année, d'une génération à l'autre, retrouvait son éclat. Pas le luxe d'antan pour le château. Rien à voir avec la Renaissance ou le Moyen Âge. Une imposante austérité, une rigueur toute Montignac, faite de meubles rustiques et de lourds rideaux.

Aussitôt que la demeure avait été rendue habitable, on l'avait négligée pour ne plus penser qu'aux terres.

Un froid glacial s'intallait au Peyrou de novembre à mars. Mais les Montignac n'habitaient qu'une partie de la trop grande maison et n'y rentraient que pour s'endormir, épuisés.

Gilbert mourut fort âgé. Il était resté vert et actif jusqu'au dernier moment. Il avait confiance en Raoul. Le Peyrou pouvait désormais vivre sans lui.

Raoul fut à la hauteur de son héritage. Les récoltes étaient bonnes et le vin des Montignac assurait son prestige. Les champs de blé étonnaient pour la région. Le maïs et l'orge, les arbres fruitiers, rien ne fut négligé. Raoul engagea des ouvriers agricoles, acheta l'un des tout premiers tracteurs et sacrifia méthodiquement sa vie au Peyrou, lui aussi.

La femme de Raoul mourut en lui donnant un fils : François. On s'était demandé dans la famille de qui pouvait bien tenir François.

De faible constitution, paresseux, lâche, toujours fatigué… Il avait négligé l'exploitation, ne s'y était jamais intéressé et n'avait rien compris aux conseils de Raoul.

François avait épousé Adeline Hontier et, tout au long de sa vie, avait contemplé son père, sa femme et même son oncle qui se tuaient à la tâche. Et puis, Cyril était né. À un très mauvais moment. Le jour même de la déclaration de la Seconde Guerre mondiale, le 3 septembre 1939.

Malgré cette naissance, malgré les Allemands, malgré François et ses plaintes, malgré les craintes et les privations, malgré la mort de Paul au front, Raoul et Adeline avaient fait prospérer le Peyrou. Et au soleil de la Libération, deux cents hectares de vignes, de maïs, de blé, d'orge, de pêchers et de chênes truffiers s'étalaient orgueilleusement. Mais le petit Cyril avait grandi seul. Et il avait traversé, seul, les drames de son enfance à travers l'occupation étrangère. Pendant l'été de 1944, il avait suivi sa famille, réfugiée en Haute-Vienne, chez des parents. Le massacre d'Oradour-sur-Glane, l'incendie de l'église, les avions qui planent devant un enfant de cinq ans. Une vie entière pour oublier…

*

En 1947, François était mort. Sans faire de bruit, habitué qu'il était à s'entendre imposer silence. Adeline l'avait vite enterré et était retournée à ses préoccupations aux côtés de son beau-père.

Mais Raoul vieillissait, traînait lamentablement son asthme et ses rhumatismes à travers le Peyrou. La mort de son frère Paul puis celle de son fils l'avaient profondément abattu.

Adeline était dépassée par le progrès et les techniques nouvelles.

Elle fit l'erreur de refuser le groupement en coopérative avec les autres viticulteurs de la région. L'économie du domaine bascula, le vin se vendit mal, des centaines de kilos de fruits pourrirent, Raoul en mourut.

Le petit Cyril avait grandi sans vieillir. Il regarda partir son grand-père comme il avait vu mourir son père. Il continua de courir dans les vignes abandonnées, fuyant sa mère, arpentant les collines du Peyrou, mangeant des fruits trop verts, braconnant, connaissant tout mais ne disant jamais rien.

Son enfance malheureuse l'avait déjà marqué définitivement. Il n'avait pas connu sa grand-mère, à peine son père et le nom de Paul n'évoquait pour lui qu'un héros inconnu. Il s'était toujours heurté à un grand-père malade dont la raison vacillait, à une mère préoccupée, aux souvenirs, indéchiffrables pour lui, d'une famille qui avait été respectée et enviée. L'héritage des Montignac, sans qu'il en eût véritablement conscience, le terrifia.

Cyril était toujours tapi dans un coin d'ombre, faisant peur à sa mère qui le découvrait brusquement, craignant la lumière trop vive et l'implacable chaleur de l'été.

Adeline entendait souvent aboyer un fusil, elle voyait parfois la mince silhouette de son fils qui se profilait dans les dernières lueurs du jour.

On avait trop ignoré la présence de Cyril pendant des années au profit de la terre et il se vengeait. Il boudait, disparaissait, rentrait à l'aube, épuisé, après avoir parcouru le Peyrou en tous sens. Il imposait un silence mortel à sa mère durant leurs repas, pris sur la grande table de la sallette, rechignait sur la nourriture, claquait les portes. Aucun Montignac n'avait été aussi sauvage et indépendant.

— Pis que son père… murmurait Adeline en l'écoutant arpenter sa chambre d'enfant dont il interdisait l'entrée.

On l'avait prétendu déséquilibré, il n'était que malheureux. On l'avait cru lâche, il était seulement inconscient. Il s'accrochait désespérément à son adolescence. Il détestait parfois sa mère et jusqu'au nom même du Peyrou, impitoyable servitude…

Et puis, un jour, Adeline, vieillissante, avait décidé d'abandonner la partie. Elle avait tenté de s'expliquer.

— J'ai soixante ans, Cyril, et je suis épuisée. Depuis quinze ans, je tente de sauver le Peyrou de la catastrophe… Maintenant j'y renonce. J'ai subi ton père comme un malade et ton grand-père comme un maître, je t'ai beaucoup négligé, c'est vrai, mais il y avait tant à faire ! Tout est trop grand ici, trop dur. Aide-moi, Cyril, ou je m'en irai… J'ai encore ma sœur, à Grézels, je serais mieux près d'elle, enfin chez moi, presque… Les Montignac m'ont usée. Il faut mettre la main à la pâte, mon petit. Cette maison qui est la tienne, ce domaine qui t'appartient, comment peux-tu les voir se délabrer sans avoir envie de les sauver ?

Cyril n'avait pas voulu admettre le découragement de sa mère. Il s'y était refusé obstinément.

— Le Peyrou, c'est votre affaire ! Et c'est ma maison…

À son air buté, Adeline avait tout de suite compris. Cyril resterait impitoyable, même envers lui. C'était une sorte de défi lancé au hasard. La peur du travail inconnu. Le spectacle désastreux de l'hécatombe des Montignac avait dû désespérer le gosse à tout jamais. Il y aurait une éternelle incompatibilité, un combat sans pitié entre le Peyrou et lui. Adeline connaissait trop mal cet homme qui se dressait en ennemi devant elle. Alors, elle dut se résoudre à partir, n'ayant plus l'âge des sacrifices.

Un matin, la vieille femme avait posé les livres de comptes et les clefs, toutes les clefs du Peyrou sur la table de la sallette. Elle quittait la grande maison comme une étrangère, sans une plainte.

Pourtant, elle avait été frapper à la porte de son fils. Il n'avait pas ouvert. Elle ne devait jamais savoir qu'il pleurait en silence, adossé au battant.

Adeline abandonnait le Peyrou au dernier des Montignac, à cet enfant de vingt-cinq ans qui regardait partir sa mère sur le chemin sans faire un geste pour la retenir.

On aurait eu plus d'égards pour une vieille servante.

Et Cyril, pendant les cinq années qui suivirent, regretta Adeline. Il subissait l'absence avec résignation, ses remords avec rage et son chagrin avec calme. Il comprenait mal ce grand vide.

Les paysans rencontrés au hasard des chemins saluaient en lui le nouveau maître du Peyrou. Pourtant, Cyril Montignac délaissait honteusement le domaine. Il avait renvoyé les trois paysans qui travaillaient à l'année pour Adeline, il avait vendu les tracteurs, pris une hypothèque sur le toit, oublié les champs et les récoltes, dédaigné les plaintes du régisseur, laissé pourrir la terre.

Chaque arbre, chaque plant de vigne lui faisait comprendre que, sans Adeline Hontier, le domaine aurait déjà été vendu, morcelé, démantelé. Chaque vallée criait sa reconnaissance à Adeline Hontier, chaque précipice qui connaissait Cyril comme un enfant sauvage mais ne découvrait pas en lui le propriétaire.

Souvent, Cyril avait crié malgré le vent :

— Je suis le maître ici !

Sans jamais convaincre personne. Il avait songé des nuits entières à l'énormité des responsabilités qui lui incombaient et qu'il ne se décidait pas à assumer.

Cyril avait eu envie, parfois, d'écrire à sa mère. Grézels n'était qu'à soixante-dix kilomètres de Saint-Cirq et la jeep l'y aurait conduit en moins de deux heures. Mais les années coulaient et Cyril restait au Peyrou. Au printemps de 1969, la mort d'Adeline vint frapper Montignac en plein cœur.

*

Une ampoule sale essayait d'éclairer le hangar où Alrick continuait de mâcher son avoine.

Cyril ouvrit la porte avec violence, il se jeta à la tête d'Alrick et le frappa rageusement. Le cheval bondit en arrière tandis que Cyril glissait hors du bâtiment, claquait le battant derrière lui et s'enfuyait sans éteindre.

Il courut jusqu'à l'entrée principale du Peyrou. Il se retrouva dans la sallette, haletant.

Pourquoi ce geste de colère sur Alrick ? Pourquoi cette haine de la nuit, des ténèbres ?

Il s'assit au bout du banc, posa ses coudes sur la table et enfouit sa tête dans ses mains. Totoche avait suivi son maître. Debout, près du banc, il contemplait l'homme écroulé. Totoche eut envie de faire un geste vers Cyril mais il n'osa pas.

Cyril se relevait lentement. Il posa ses yeux bleus sur Totoche, il esquissa un sourire pour son chien et se dirigea vers l'escalier. Il monta sans hâte les marches de pierre, les vingt-deux marches qui menaient à sa chambre. Il alluma les bougies placées sur les chandeliers d'argent, son seul luxe. Un livre ouvert traînait sur le bureau. Cyril aimait lire. La bibliothèque du Peyrou contenait des trésors, manuscrits miraculeusement oubliés par les premiers châtelains et que Gilbert avait négligés.

Cyril poussa un bouton du pick-up.

— Mon nécessaire d'or, des heures de bataille…

Bécaud chantait Bonaparte.

— D'Iéna, de Friedland…

Cyril restait debout pour l'écouter.

— Le remettre à mon fils quand il aura seize ans…

Une énorme tristesse s'était installée.

— Trois caisses d'acajou aux armes impériales, mon glaive de consul…

Cyril se laissa tomber sur son lit d'enfant. Les fantômes des Montignac et les vieilles légendes du Quercy se pressaient à sa porte. Sans se déshabiller, Cyril s'endormit, Totoche à ses pieds.

*

Cyril leva son fusil sans aucun bruit, visa posément et tira. La détonation se répercuta dans toute la vallée de Berganty.

Le lièvre, à cinquante mètres, gisait.

Cyril avait repéré que les lièvres traversaient souvent le pré perdu dans lequel se reposaient depuis dix ans la vieille jument percheronne et ses enfants. Car elle mettait bas chaque année et son petit se nourrissait tant bien que mal de l'herbe de ce mauvais pré avant de terminer sa courte existence à la boucherie. C'était d'ailleurs un des rares divertissements de Cyril que d'amener cette pauvre bête à la saillie chez un voisin un peu trop fier de posséder le seul étalon percheron de la commune.

La jument avait fait son temps de travail, à l'époque de Raoul et, maintenant, pouponnait en paix avec ses moribonds.

« Ça me paiera toujours mes cigarettes... »

Le pré perdu n'était qu'à six cents mètres de la maison, mais dans un creux de terrain qui lui avait valu son nom. Les vignes de la colline de Tour-de-Faure le dominaient et, de l'autre côté, le château.

Le Peyrou était une belle demeure, sur quatre étages, dont seul le premier était habité. Curieusement construit, il suivait les caprices du rocher, montait, descendait, se tordait et se redressait dans toute la souplesse de ses pierres lourdes. Trente grandes pièces, une masse de recoins, de couloirs, de cachettes ; des oubliettes, des fenêtres murées depuis des siècles, des terrasses en équilibre, des architectures opposées, un grenier colossal sous son chapeau de vieilles lauzes. Deux corps de bâtiment s'isolaient, abritant la bibliothèque, un lavoir désaffecté, la bergerie, et un hangar à voitures. Deux pigeonniers proclamaient leur indépendance un peu plus loin. Le U tordu ainsi dessiné par les bâtiments était clos d'une haute grille noire. La cour intérieure était faite de gros pavés inégaux. À droite du château, un autre corps de bâtiment, en L, tournait le dos au Lot et servait de grange et d'écurie.

La chambre de Cyril était au premier étage dans la partie la plus ancienne de la maison et la plus froide. On la lui avait assignée, enfant, car elle était facile d'accès. Ses fenêtres donnaient sur la cour et Cyril, jadis, s'embusquait toujours derrière les rideaux bruns. C'est de là qu'il voyait partir Raoul et Adeline aux champs, ou les ouvriers qui sonnaient tôt le matin pour prendre les ordres, puis François, son pauvre père, qui errait jusqu'à la tombée du jour.

Par paresse ou par défi, Cyril avait conservé sa chambre, malgré la disparition des habitants du Peyrou. Il y vivait mal mais il n'osait pas l'abandonner. Il s'y accrochait comme au sommeil pour continuer un beau rêve ou comme on retarde une rupture. Ses habitudes et ses superstitions se fondaient avec les pierres, et ce geste familier de remonter un col, de fermer un blouson, de se frotter les mains devant la cheminée, ce frisson habituel.

Une fois par semaine, Claire montait sur son solex pour tenter d'effacer la poussière du Peyrou. Elle restait toute la journée penchée sur les trop vieux parquets, les meubles démantelés, écrasée par l'abandon de la demeure, hébétée par ses dimensions, se demandant où avait fui le maître. Elle entendait son fusil au loin, elle haussait les épaules. Parfois l'hiver, elle le croisait à la nuit tombée lorsqu'il rentrait et qu'elle s'apprêtait à partir. Il ne lui offrait jamais à boire…

*

Cyril a ramassé le lièvre par les oreilles, il le contemple, le soupèse, puis il laisse retomber son bras et repart vers le Peyrou avec l'animal qui frappe sa cuisse à petits coups polis.

Le jour lointain où Alrick arriva... Cyril sourit en marchant. Il repense à sa peur, à son admiration sans bornes devant ce seigneur. Encore une dette, cette selle achetée à Cahors... Les premiers pas d'Alrick sur la terre du Peyrou. Et puis, bientôt, la confiance mutuelle, l'entente, une dernière révolte du cheval pour le premier coup de fusil du maître. Une chute bénigne au coin du pré perdu lorsque Alrick vit la jument percheronne. Des brutalités, parfois, pour rien, un énervement de cavalier inexpérimenté. Et puis, toujours plus loin, toujours plus vite. Alrick chez lui au Peyrou désormais...

Cyril ne sourit plus. Il y a les dettes, les factures, les sommations, l'hypothèque.

Il y a cette trop coûteuse collection d'armes qui s'ennuie au salon. Tous ces fusils acquis comme par rage. Et ces soirées à les nettoyer, à les essayer dans les caves puis dans les bois. Parier qu'on aura, de la terrasse du second, et avec une seule cartouche, cette branche, là-bas, que charrie le Lot.

Il y a ces toits à maintenir, ces portes qui ferment mal, ces pierres qui parfois se détachent et roulent le long de la muraille, ces arbres trop feuillus et ces champs en friche, ces vignes mortes, ces courants d'air, tous ces vestiges menaçants.

Même le très raisonnable, très malin et très travailleur Gilbert, même cet arrière-grand-père cité en exemple, même lui, n'avait décidément pas eu le sens des proportions et des responsabilités. Si les terres donnaient encore le maximum, comme au temps de la prospérité du Peyrou, ce serait à peine suffisant pour empêcher le château de s'écrouler. Dérision…

Cyril s'est mis à courir, il a lâché le lièvre, il a du sang sur la manche de son pull-over, il remonte l'allée du Peyrou, Totoche sur ses talons. Le chien a compris que ce n'est pas un jeu. Il suit Cyril avec la même rage désespérée, comme pour une ultime fuite.

*

Cyril mâchait lentement. Le début de ce mois de novembre était décidément froid, sec, précurseur d'un hiver rude. De la fenêtre de la sallette, Cyril regardait les pavés de la cour, envahis d'herbe sauvage. Un peu plus loin, la haute grille noire, rouillée par endroits, avait tordu quelques-uns de ses barreaux.

« Curieux décor à l'abandon », songea Cyril.

Totoche réclama un morceau de pain, son maître le lui tendit en souriant. À côté de ses sardines Cyril avait posé quelques papiers multicolores. Une condamnation avec des allures de puzzle.

L'enterrement d'Adeline, l'hypothèque, la paye du régisseur (à quoi servait-il, celui-là ?), les factures des commerçants de Cahors et de Saint-Cirq, et puis, bien sûr, encore cinq millions de droits de succession à payer sur le Peyrou.

Jusqu'aux sardines, Cyril vivait à crédit. Il s'arrêta de manger et se leva. Il vint appuyer sa tête d'adolescent contre la vitre.

« Je vous plains de la solitude du Peyrou… », avait dit le curé.

Totoche grattait à la porte, Cyril ne bougeait pas. Il était un peu perdu dans ce domaine qu'il regardait comme pour la première fois. À vendre ? Le Peyrou ?

Cyril haussa les épaules. Il dévala l'escalier, décrocha son fusil au passage, ne siffla pas son chien, certain que Totoche le suivait. Il traversa la cour à longues enjambées et se mit à descendre vers le pré perdu.

Sérénité, plénitude, infini. Cyril cherchait à définir le Peyrou.

Obsession, abandon, frontières. Théorème à réciproque.

« Qui suis-je ? se demanda encore Cyril. J'appartiens peut-être au rêve d'un autre… »

Mais aussitôt il se mit à rire.

— Un cauchemar de Raoul, sans doute !

Il était assis sur la barrière du pré perdu et apercevait au loin la jument percheronne. Son fusil cassé était posé près de lui. Quelle folie, cette passion des armes. Presque tout l'argent de l'hypothèque y était passé en cinq ans. Une collection hors du commun, hors de prix, fantastique, envoûtante. Cyril rêvait en caressant son fusil.

*

Le maire était monté au Peyrou. Seuls Dieu et le maire justement savaient pourquoi. Lucien Maroux avait trouvé Cyril sur sa barrière et lui avait demandé confirmation de la nouvelle.

La vente du Peyrou constituait un événement révolutionnaire. Lucien n'admettait pas que Louis, du café, et le curé aient été les premiers avertis.

Ils marchaient côte à côte, à longues foulées, sans beaucoup se parler. Ils avaient longé le pré perdu, étaient remontés jusqu'au sommet de la colline de Crégols, avaient repris leur souffle et descendaient maintenant vers Saint-Cirq.

La longue marche avait apaisé Cyril, un peu. La menace qui pesait depuis trop longtemps sur le Peyrou venait de trouver son aboutissement.

Cyril distança Lucien Maroux, revint en biais vers le Peyrou, dit un mot gentil à Alrick en passant.

Lucien arriva dans sa sallette, essoufflé.

— Ce que tu marches vite ! Je boirais bien quelque chose…

Cyril ouvrit un placard mais Lucien l'arrêta :

— Oh ! Dis, attends… Tu te souviens de ce que ton grand-père appelait sa « Cuvée Spéciale » ?

— Oui, très bien. De l'armagnac fabriqué ici en 1947.

— Et, naturellement, il n'en reste plus ?

— Naturellement ! Quoique… Minute. Oh, écoute, j'ai une idée. Raoul, il avait sa planque. Tu sais, sous les toits, cette mansarde où il enfermait n'importe quoi ! Cette manie lui était venue avec l'âge. Adeline le grondait parce qu'il montait l'argenterie parfois. Oh, si, si, je m'en souviens très bien maintenant. Viens avec moi. Il y a peut-être un fond de bouteille quelque part et, puisque tu tiens à t'empoisonner…

Lucien est un peu étonné de la gaieté de Cyril. Cette nouvelle de la vente, son silence de tout à l'heure. Et puis, à présent, une joie de gosse, une curiosité non feinte.

Cyril s'est précipité vers l'escalier.

— Viens ! Tu viens, oui ? Dépêche-toi donc !

Tout en grimpant comme un fou, il rit, se retourne vers Lucien qui peine et qui songe que, vraiment, ce n'est pas le moment de parler à l'insupportable gamin de la vente de sa maison.

— Oh, c'est drôle, tu sais ! Je ne monte jamais plus haut que ma chambre. On va visiter. Si, si. Comme si on ne connaissait pas. D'ailleurs tu ne connais pas. Et moi à peine. On fera semblant.

Lucien bougonne :

— Moi, l'armagnac, j'en avais parlé comme ça…

— Eh bien ! tu as eu tort ! Ça m'a donné une idée. Il y a peut-être des trésors enfouis.

— Tu parles ! De vieilles photos oui…

— Voyons ! Défaitiste, va !

— Tu connais la fable du laboureur ?

Cyril s'arrête en équilibre sur une marche. Il a éclaté de rire.

— Le travail est un trésor ! annonce-t-il joyeusement.

Il se hâte maintenant le long du couloir. Sans se retourner il plaisante encore.

— Quarante-sept marches, Lucien. Tu as monté quarante-sept marches ! Pense à ton cœur voyons ! Tu n'as jamais su être raisonnable. Et le tord-boyaux qu'on va dénicher ne va pas t'arranger non plus.

— Tu crois qu'il en reste ? demande Lucien sarcastique mais intéressé.

Cyril ouvre une porte sans respect, sans hésitation. Il entre dans une pièce humide, extravagante. Une longue mansarde dont les murs lézardés, boursouflés, lépreux, ont dû être peints d'une main maladroite, en rouge vif d'il y a vingt ans.

— Oh, quelle horreur !

Cyril est choqué.

— Tu te rends compte, le goût du grand-père ?

Il règne ici un inexprimable désordre. Cyril bute sur une malle, il jure, ouvre, se remet à rire.

— La cantine de pépé transformée en chapelle !

Lucien se penche sur son épaule, il regarde à son tour et il est envahi d'une curieuse émotion. Il pense au vieillard qui a installé ces quelques images, cette croix, ce chapelet.

Cyril tend la main, prend le chapelet entre ses doigts.

— Alors, il y croyait, Raoul ? murmure-t-il.

— Tout le monde y croit un peu, répond Lucien.

Cyril rabat le couvercle, un peu désemparé de cette première découverte.

— C'est triste de vieillir, dit-il encore.

Il écarte quelques livres, jette un coup d'œil sur les couvertures, hausse les épaules. Il y a quelques piles de photos, de revues. Un couple de jeunes mariés dans un cadre.

— Tiens... Ma grand-mère... Elle est morte en accouchant de mon père. Et Raoul n'en parlait jamais.

Cyril s'emmêle dans un vieil uniforme. Des bottes de cheval sagement enroulées sur leurs embauchoirs. Il se penche sur une caisse, enlève de vieux journaux et brandit triomphalement une bouteille sans âge.

— Tiens ! Alcoolique !

Il efface du coude la poussière sur l'étiquette. Calligraphié péniblement, on peut lire : « Armagnac du domaine du Peyrou. Mis en bouteille au château. 1947. »

Cyril cherche encore, en déniche deux autres et se retourne vers Lucien.

— Alors ?

— C'est parfait. On va le goûter.

— Pas ici, non ? Profanateur de sanctuaires ! Sacrilège ! Ivrogne ! Ton copain Raoul, non, mais quel toupet, vieux !

Lucien sourit à Cyril et puis quelque chose attire son attention dans un coin de la pièce.

— Mais il y a de l'eau !

— Il y a de l'eau… On dirait un pauvre type dans le désert ! Bien sûr. Avec ce qu'il tombe, qu'espérais-tu des toitures du Peyrou ? Qu'elles soient étanches ? Pauvre Lucien. En plein mirage à contresens… Allez, viens, on ferme !

Cyril revient dans le couloir, pousse une autre porte.

— Ça, c'était la chambre de Gilbert. Le pépé de Raoul. Le premier de la liste. L'acquéreur, quoi ! Le brillant illuminé, l'homme qui résista au phylloxéra : une trouvaille… Tu penses bien qu'il n'avait pas travaillé vingt ans pour voir crever son raisin !

— Il a eu de la chance, interrompt Lucien. Ses meilleurs plants étaient sur des roches fissurées.

— Oui, oui, irrigués l'hiver et tout ! Greffons de plants américains, en plus, ça lui a épargné l'exode !

— Ne sois pas amer. Tu ne serais rien sans lui.

— Je ne suis rien justement ! Et sans lui, je serais peut-être autre chose…

Cyril referme la porte et se dirige vers l'escalier.

— Viens, je ne t'épargnerai pas. Tu veux voir la chambre mortuaire, non ? Tu as tort, c'est une curiosité.

— Cyril, ça suffit…

Lucien a l'air lassé de la verve inhabituelle de Cyril. Et de son humour sans joie.

— Oh, si, viens, je t'en prie. Tu ne l'as pas revue depuis ce funeste jour…

La porte s'est ouverte sur une pièce poussiéreuse et humide d'où s'échappe une mauvaise odeur de moisi.

— Ah, on ne peut pas dire que tu l'entretiens beaucoup, ton Peyrou !

— Faudrait pouvoir, mon vieux, tu as la folie des grandeurs. Comme Gilbert. Tu sais ce qu'il disait ? « Avoir toujours trois récoltes devant soi. Une en banque, une en cave, une sur pied. » Un malin, quoi !

— Ferme cette porte et tais-toi.

— Pourquoi ! Tu n'as même pas connu Gilbert. Moi non plus d'ailleurs, alors…

— Ce n'est pas une raison.

— Si, justement. On peut parler du héros en toute intégrité. Ou si tu préfères, de son digne fils. Raoul, ce parfait crétin qui refusa les coopératives ! Intelligemment conseillé par ma brave femme de mère toujours à la pointe du progrès. Raoul qui flanquait des chandelles dans une malle !

— Oh, tu sais, au début, les coopératives… Les gens d'ici n'apportaient que leur bibine. Le bon raisin, ils le gardaient pour eux. La loi de l'apport total n'est pas vieille.

— Ce qui prouve qu'il ne faut jamais mépriser l'avenir. Et pour ces paysans justement, ce n'est jamais plus loin qu'octobre.

— Ferme cette porte et cesse de te moquer de ceux qui ont du mal à vivre et qui le font pourtant avec courage.

— Lucien, le prédicateur ! Je rigole ! Ça te choque ? Viens…

Cyril entraîne Lucien dans la pièce à côté.

— Chambre nuptiale des jeunes mariés ! C'est là que je fus conçu. Et ça aussi, ce fut une trouvaille !

— Tu me fatigues. J'ai soif.

— Soif ? Les sentiments prosaïques face à l'histoire ? Ah, non ! Vous qui parlez tant des Montignac, ayez au moins le courage de vos renseignements. Tu es à la source et tu as encore soif ?

— Oh, Cyril !

Lucien hausse les épaules en dévalant l'escalier. Derrière lui, Cyril claque la porte de la chambre Adeline-François et le rejoint à mi-palier.

— Attends…

Lucien se retourne parce que la voix de Cyril s'est altérée.

— Ça… Ça, vois-tu, Lucien, c'est la chambre de ma mère…

Lucien, un peu pâle, attend. Mais Cyril baisse la tête et entraîne son vieil ami dans l'escalier.

— Non. De celle-là je nous fais grâce. D'ailleurs elle est fermée à clef. Je n'y ai pénétré qu'une seule fois : le soir de son départ. Il y a des cadres avec des portraits, Gilbert, Raoul et Paul, la femme de Raoul, mon père et Adeline, Paul en uniforme. Tous morts. Et puis aussi moi enfant et toi en ceinture tricolore…

Lucien semble accablé soudain. Il murmure :

— Oui, oui, c'est fini cette visite ? C'est ridicule à la fin…

Mais Cyril a retrouvé son innocence en regagnant la sallette. Il pose les trois bouteilles sur la table et jette à Lucien sans se retourner :

— Ah, on voit que tu ne t'intéresses à rien en dehors des élections ! Et encore, je t'ai épargné la chambre du héros mort pour la France, le grand-oncle militaire. Po-Paul troufion ! Non, vraiment, vois-tu, Lucien, la politique te rend idiot. Toi au moins, tu n'as pas été élevé aux fusées antigrêle et aux traitements contre le mildiou !

— Tout cela est du passé.

— Passé ? le vin ? Et comment feront les gens s'ils n'en ont plus dans l'avenir ?

— Heureusement que les ivrognes ne comptent pas sur toi pour le mettre en bouteille !

— Les ivrognes ? Je t'en prie. Il n'y a que les Montignac qui faisaient du vrai cahors. Tout le reste est coupage et importation.

Lucien considère Cyril avec un amusement étonné.

— Dis-moi, tu t'y connais en vignes !

— Non. En théorie viticole seulement. Je répète... Il y a cinquante ans, nous produisions trois mille cinq cents hectos sur quarante hectares. Je ne sais pas si tu te rends compte. Ça tenait du miracle. Maintenant, ils sont six cents producteurs pour quatre cents hectares de vignes et tout ça va sagement à la coopérative de Parnac. Si ça continue, j'irai acheter mon vin à Bordeaux.

Un léger silence a à peine le temps de s'installer.

— Pourquoi ne t'y remettrais-tu pas ? Tu sais de quoi tu parles.

— Oui, mais je ne sais même plus quel goût ça a. Moi, à part le muscat... Quant à l'amère félicité du travail... Et puis les sept ou huit négociants d'ici sont des escrocs. Je ne serais pas de taille...

— Tu as ton nom pour toi.

— Recommencer à l'AOS[1] ? Tu rêves ! Quelle injure !

Cyril allume une Gitane et redevient sérieux.

— Mon pauvre Lucien… Tiens, en 51, j'étais gosse. Lorsque le cahors, domaine Montignac, est devenu VDQS[2]. Je te jure que Raoul a fait une nouba ! Je n'aime pas la terre. Je la trouve ingrate, à la merci de n'importe quoi. Les insectes, la pluie, les cauchemars de tout le monde. Après les Allemands c'est la grêle qui est passée avant moi. J'ai toujours eu quelqu'un devant. Et maintenant je suis le maître incontesté d'un désert.

— C'est à désespérer de vouloir t'aider…

— Ah, oui ? Sûrement… D'autant plus que je n'ai aucun besoin de ce genre d'aide. Alors, forcément, ça tombe à côté. Ne sois pas amer, Lucien. Ouvre cette bouteille. Ça doit être raide.

Lucien prend un tire-bouchon, s'applique. Il verse un peu d'alcool dans les verres à vin que Cyril a déposés devant lui. Il goûte avec précaution. Il tousse. Cyril le regarde d'abord. Lucien s'y reprend à deux fois, avale, puis fait claquer sa langue.

— C'est bon… laisse-t-il tomber, sentencieux.

Il vide son verre.

— C'est même fameux !

— Oui, ça a l'air, murmure Cyril. Au Peyrou ?

Lucien secoue la tête, se ressert, prend son verre dans sa grosse main.

— Non. À toi, petit, toi sans ton Peyrou, puisque tu le vends…

---

1. Appellation d'origine simple.
2. Vin délimité de qualité supérieure.

*

Lucien est parti. Cyril a sellé Alrick. Il est monté au galop jusqu'au sommet de la colline de la Peyre. Il fuit son ombre. L'ombre de son écriteau « à vendre ». Alrick est arrêté à sa place habituelle, dominant la vallée. Cyril et Alrick s'oublient mutuellement pour un moment. L'homme s'interroge. Le maître du Peyrou ? L'éclat de rire des champs lui répond ; un domaine qui est le sien le refuse et le menace. L'animal redevient attentif. Une armée en marche. Tout va exploser. Les Messerschmitt au-dessus de Crégols et de Calvignac, des bombes, des flammes, hurlements. Des centaines de gens enfermés dans une église en feu. La charpente qui s'effondre. Des corps calcinés, Oradour…

Une tempête dans un enfant brun. Cyril, crispé, se serre contre Alrick. Des mots voudraient s'échapper, s'éparpiller, tomber dans la vallée.

Un regard fixe, une bouche durcie par la défaite. Cyril vient de toucher son amour palpable du Peyrou. Un frisson glisse de l'homme au cheval, on bascule sur un fil de souffrance.

— Peyrou, Peyrou !…

La voix de Cyril se brise. Accepter, s'accepter.

— Je ne veux pas !

L'homme se défend, se cabre. Ses cris font sursauter Alrick sous lui. Cyril se casse en avant, son front perdu dans la crinière blonde du cheval pâle. Il pleure. Des yeux mouillés de nuit, crescendo.

— Ma terre !

Cyril se débat, se refuse. Un temps, une pause. Le ciel n'a pas changé, il est plus bas, peut-être. Un rayon oblique du soleil de novembre effleure le sol comme une promesse.

Une joue creuse, longue, que suit une goutte d'eau. Des mains abandonnées le long des muscles d'un seigneur. Un vent froid, sec, pour faire vivre ce couple abandonné lui aussi. Une mèche rebelle et gaie qui n'a pas compris. L'agonie. De toutes parts les squelettes noircis des vignes mortes accusent l'apprenti sorcier.

Cyril se relève lentement. Une tristesse presque sereine s'est installée en lui, à peine encore, grondant sans plus effrayer, l'angoisse s'éteint.

Calme, silence. Tout en sourdine, en demi-teintes fragiles. Le réveil étonné. Un cauchemar alors ?

Alrick se tourne et redescend au pas vers la maison. Cyril a mis pied à terre, les semelles des bottes et les fers des sabots s'en reviennent côte à côte. Et le Peyrou s'est tu.

3

Monbazillac pour Cyril

Sentiment de solitude dès mon enfance, sentiment de destinée éternellement solitaire.

Charles Baudelaire.

— Deux.
— Plus deux, sans voir.
Un silence, les cartes glissent.
— Je suis.
— Cartes ?
— Deux.
— Une.
« Il cherche la quinte, il ne sera pas dangereux. »
— À qui de parler ?
— Edmond.
— Parole.
— Cinq cents.
— Plus trois.
— Huit pour voir.

Cyril lève les yeux sur Pierre.

— Brelan.

Pierre ne demande même pas la hauteur. Il pose ses cartes sans les retourner. Cyril promène son regard sur la table puis il ramasse les jetons.

— Heureux Montignac, murmure Edmond, tu vas pouvoir conserver le Peyrou.

Cyril sourit.

— On sait ça jusqu'à Cahors ?

Edmond désigne Lucien Maroux.

— Il nous l'a dit tout à l'heure. C'est dommage…

— Morcelle, conseille Pierre en distribuant.

Cyril secoue la tête.

« Dix petits Peyrou. Nul ne sera jamais plus le maître… »

— Non. Je suis pressé.

Quatre hommes au fond d'un bar, boulevard Gambetta. Cyril ne ramasse pas immédiatement ses cartes. Il observe les autres, interprète leurs expressions.

Lucien se redresse, il s'appuie au dossier de sa chaise en souriant.

« Imbécile », songe Cyril.

Une allumette brûle dans un cendrier. Cyril fixe la flamme, se crispe.

« Je hais les guerres… »

Quelques consommateurs, au bar, considèrent avec intérêt les joueurs.

Personne n'est venu « voir » Lucien, il y a pot.

— Déçu ? demande Cyril en riant.

Cigarette aux lèvres, il reprend le paquet de cartes, le mélange, redistribue et attend, impassible.

— Tu sais, dit Pierre à Lucien, il paraît que la télé fait un reportage à Oradour-sur-Glane, en ce moment.

Cyril a sursauté. Edmond le regarde en silence.

— Tu y étais, toi ? demande Pierre.

Cyril, crispé, répond à mi-voix :

— Non… Enfin, j'ai vu ça de loin, je m'en souviens mal. J'étais gosse. Mais j'ai un cousin qui a brûlé avec les autres. Ça éclairait très haut…

— Tout de même, la guerre, y a pas de quoi se vanter !

— Je me souviens d'un truc, tiens, commence Pierre.

Mais Cyril a repoussé sa chaise brutalement :

— Ça suffit. La guerre est finie.

Lucien fait signe aux autres. On change de conversation. Le bar du Tivoli s'agite autour d'eux. Dans l'autre salle on joue au billard.

Lucien se souvient encore des confidences d'Adeline à l'époque. « … Le petit n'en dort plus… j'aurais voulu qu'il ne voie pas ça… il reste des heures silencieux et puis, il pleure… nous, on n'a pas le temps de s'en occuper… vous savez ce que c'est ! Il faudrait peut-être voir un docteur. »

Lucien songe que Cyril en vieillissant n'est pas devenu plus bavard.

Il y a des mégots par terre. On a resservi de l'armagnac. Cette nuit n'aura jamais de fin.

Depuis l'incendie, Cyril descend un peu plus rarement encore à Cahors. Mais sa partie de poker, le samedi, reste sacrée. Il y a des années que Lucien perd aux cartes. Cyril joue posément, sans jamais se trahir du regard ou du sourire. D'ailleurs il examine à peine ses cartes. Il reste dans la contemplation de ses partenaires. Il les observe, les écoute, et comprend. C'est cette toute petite nuance, peut-être, qui différencie vraiment Cyril des autres. Et qui le dissocie du monde.

L'avidité d'Edmond lorsqu'il ramasse des cartes, le désespoir de Pierre quand ses cartes ne sont pas maîtresses, la satisfaction de Lucien lorsqu'il est « servi », tous ces sentiments évidents qui classent les hommes en diverses catégories. La joie, l'angoisse qui transparaissent à cette table de poker ou devant leurs comptes le soir, à l'approche de la grêle, à la naissance de leurs enfants. Mais Cyril, lui, reste impassible. Incapable de maîtriser son destin, il l'a si bien accepté qu'il se l'est asservi. C'est pire qu'un vaincu ou un indifférent. Il fait siennes toutes les circonstances désespérantes de son existence. Il fait presque comme s'il l'avait désiré, à peine ironique. C'est encore une ultime défense. Et puis c'est son droit de gagner sa guerre en ne la déclarant à personne. Même et surtout pas à lui. Lâcheté ? Certainement pas. Une manière de ne pas souffrir, un clin d'œil à la fatalité.

Il y a quelques Cadurciens, au comptoir, qui se poussent du coude en reconnaissant sa silhouette. Et Cyril le sait. Sa sensibilité d'éternel étranger, d'exilé volontaire, se tend contre ces regards qu'il devine. Il ne satisfera pas la curiosité régionale. Il est au-dessus de ça. Enfin, il le croit. À moins que, soudain, il ne se retourne pour dire, sans sourire :

— Oui, je suis toujours là et le Peyrou est toujours debout. Et ce qui a brûlé, justement, m'empêchait de voir le Lot de ma fenêtre. Ça tombe bien !

Mais personne ne lui demande rien et il continue de jouer aux cartes, faussement absorbé par un jeu de hasard qu'il accepte aussi. Comme le reste. Et qu'il croit décider.

*

Cyril est appuyé contre la porte de la grange. La nuit est profonde, froide, hostile. Totoche gratte le sol. Cyril n'a pas eu le courage de rentrer la jeep. Peu importe, elle dormira sur la pelouse. Il fume sa dernière cigarette de la journée.

Pourquoi la solitude devient-elle plus intense en hiver ?

« Il faudrait pouvoir comprendre… »

Interminable partie de poker. Edmond, Louis, le curé… Des ombres. Est-ce que personne n'a jamais eu envie de sourire pour rien à Cyril ?

Qu'est-ce que c'est, la tendresse ? Sentiments, élans, grandeur, noblesse… Les rêves des écrivains. Cyril est jaloux ce soir des héros enfermés dans la bibliothèque du Peyrou.

Il ne sent pas le froid. Il voudrait quelque chose mais il ne sait pas exactement quoi.

Est-ce que ce sera pareil, toujours ? Rien d'autre à attendre… Cyril a appris à lire, pas à aimer.

« Adeline, ma mère… »

Une dernière bouffée de tabac.

« Tout ça c'est de la bêtise. Au bout du compte, il y a tout de même l'ennui. » Cyril est furieux. Il n'accepte pas de souffrir par et pour les autres. Alors, s'appeler Montignac, ce n'était pas suffisant pour la vie ?

« Je n'existe pas vraiment… »

Cyril jette rageusement son mégot, l'écrase, s'éloigne, et il ne reste plus rien dans la nuit du Peyrou.

*

Noël au Peyrou. Une année nouvelle bientôt. Cyril, de la pelouse, contemplait sa demeure. Le père Noël de son enfance était mort depuis longtemps.

Avant, c'était la fête. Les gens de Cénevières, le maire de Saint-Cirq, un pharmacien de Cahors, le vétérinaire et bien d'autres venaient réveillonner au Peyrou. La dinde d'Adeline fondait, il y avait des cadeaux, et on décorait même le grand chêne.

Cyril regarda alors le chêne calciné. C'était avant…

Pourtant il y avait peut-être quelque chose à faire pour ce dernier Noël au Peyrou.

Cyril se redressa. Le dernier ? Il tâta, dans la poche de sa canadienne, la lettre du notaire. Il faisait horriblement froid. Le vent se divisait entre les bâtiments puis se reformait dans la cour pavée. Il se glissait sous la porte principale puis sous la voûte. Il revenait, effleurant les toits des pigeonniers. Cyril l'écoutait, toujours immobile, près de la grille. Il avait déplié la feuille. Me Chassloux, notaire des Montignac depuis Raoul, avait essayé de mettre autant d'humanité que possible dans le ton de sa lettre. C'est avec une tendresse gênée qu'il expliquait à Cyril jusqu'où son inconscience l'avait conduit. Il ne lui demandait rien à propos de l'argent de l'hypothèque. Il connaissait la passion pour les armes de son client. Il ne se permettait même pas un reproche de vieil ami. Il constatait pourtant. Il fallait payer les droits de succession sur la part qu'Adeline avait conservée du Peyrou. Bien sûr, il ne soufflait mot de ses honoraires. Il s'attendrissait au contraire.

Cyril froissa involontairement la lettre. Il regarda le chiffon de papier, étonné, puis le laissa tomber. Le vent joua un peu avec, avant de s'en désintéresser.

« Votre pitié m'atteint, maître… Comme une insulte… »

Cyril passa de l'autre côté de la grille, il considéra un instant le Peyrou à travers les barreaux.

« Je ressemble à mon père, je suis une ombre… Le Peyrou est plus beau vu d'ici… »

Cyril se remit à marcher vers le pré perdu. C'était un jour de décembre qu'Adeline avait trouvé Totoche sur le chemin communal. Elle revenait du hangar à maïs, elle le vit soudain, petite boule couleur de terre qui tranchait sur la neige. Elle pensa que ce serait un beau cadeau de Noël pour Cyril. Elle ne se demanda même pas si ce chiot grelottant était sain et sociable. Elle le prit dans son tablier, sous son caban, et l'offrit à son fils sans jalousie.

C'était peu de temps avant son départ. Voulait-elle déjà que Cyril ait un compagnon pour tous ces temps de solitude auxquels elle allait le condamner ou eut-elle seulement un geste gentil, une impulsion de mère ? Peu importait puisqu'elle n'était plus et qu'elle entraînait le Peyrou dans sa tombe.

— C'est parfaitement inadmissible ! proféra Cyril à haute voix.

Le sort a d'indécentes ironies…

Cyril atteignit la barrière du pré perdu avec, aux lèvres, un sourire amer. La vieille jument percheronne était là avec son poulain de neuf mois.

Cyril avait oublié jusqu'au nom de cette pauvre bête. Sylvia peut-être… Elle lui parut maigre et mal équilibrée sur ses jambes.

« Ce sera son dernier », pensa Cyril. Il avait pris un licol car il voulait la ramener dans le hangar pour cette nuit de Noël, avec son petit. Il aurait dû le faire avant. Le froid était pénible depuis trois semaines. L'affreux petit percheron, de couleur indéfinissable, se laissa attraper sans difficulté. Cyril décida de le baptiser Grain d'orge ; sans raison.

Sur le chemin du retour, une brusque crispation au ventre fit grimacer Cyril. Depuis combien de temps n'avait-il pas pris une femme ? Difficile à dire.

Il les aimait bien, les femmes, pour le plaisir qu'elles lui donnaient, pour leur odeur ou pour leurs gestes esquissés. Il avait connu quelques filles de Saint-Cirq, Vers ou Saint-Géry, trop heureuses qu'il s'appelât Montignac et qu'il fût à la fois beau et si peu bavard.

La femme d'un médecin de Cahors aussi, qui montait de temps à autre au Peyrou, qu'il avait maltraitée, parce qu'elle était belle et qu'elle l'avait appelé son « petit garçon ».

Il n'y aura jamais d'autre femme qu'Adeline au Peyrou parce que Cyril ne le veut pas et parce que le temps n'aura pas assez d'élan pour le vaincre.

Pourtant, aujourd'hui, n'importe quelle femme serait la bienvenue.

Cyril avait attaché la jument et Grain d'orge dans le hangar. Alrick, étonné, regardait les nouveaux arrivants. Un grand calme se dégageait de tout cela. Une écrasante sérénité. Cyril quitta le bâtiment pour humer à nouveau l'air glacé de décembre. La colline de la Peyre le menaçait de loin. Et cependant Cyril n'avait plus peur des incendies.

« Je n'aurai jamais plus peur, que de moi-même », songea-t-il avec lassitude mais sans orgueil.

Quelques flocons tombaient, c'était joli, un véritable décor de contes pour enfants. Cyril rentra à regret. Il ne pouvait pas rester dehors toute la matinée à contempler l'horizon blanc : il faisait trop froid.

Totoche était aplati devant la cheminée, Cyril y jeta quelques bûches. Il s'assit près de son chien, sur le tapis usé, et posa son menton sur ses poings.

Totoche, dans son sommeil, vint s'appuyer contre la jambe de son maître. Un certain temps s'écoula ainsi. Moins d'une heure en tout cas. Mais rien ne bougea, il ne se passa strictement rien pendant ce temps-là. Cyril avait la silhouette des vaincus, Totoche était inerte. La grosse horloge se décida enfin à sonner 10 heures. Alors Cyril se leva, sans égard pour son chien, et gagna sa chambre.

Il s'installa devant son bureau et se mit à écrire lentement.

« Le Peyrou à Saint-Cirq-Lapopie, 24 décembre 1969.

Si j'avais encore ma mère, elle aurait parfumé la maison de l'odeur des châtaigniers. Si le père Noël existait, j'aurais versé de l'eau sur les braises de la cheminée pour lui libérer le passage. Si mon chien comprenait mon langage, je lui aurais raconté une vieille légende. Si j'habitais la ville, les rues en fête m'auraient sans doute attristé.

J'ai rentré la jument qui m'a paru bien mal en point. Je vendrai son petit à la boucherie. Je l'ai baptisé Grain d'orge. Il n'y a plus d'orge au Peyrou. D'ailleurs, hormis les fantômes des vignes, il n'y a plus personne. Ah, si ! Moi…

En une nuit, le vieux chêne a pris cent ans. Survivra-t-il à ses brûlures ? Il faudrait que je cherche un acquéreur pour le Peyrou. C'est une torture mentale.

Je sais où se cachent les lapins et où se sont réfugiés les faisans, mais je n'irai pas les tuer. Je les ai vus pourtant, dans les bois de Berganty, et dans les combes de la Peyre, fuyant les chasseurs et le norois.

Je suis un être parfaitement négatif. Ça m'est bien égal de passer Noël tout seul. Je ne sais pas ce qu'on en pense dans le pays. Je ne crois pas que les gens soient cruels, ils ne sont que bêtes. J'aimerais un beau livre en cuir et gravé à l'or fin. Il n'y a pas de librairie à Saint-Cirq. Et la route de Cahors est dangereuse. C'est idiot qu'il y ait des fêtes obligatoires pour tout le monde. »

Sans doute, mais Noël était bien là, avec tous ses symboles, ses odeurs d'années passées, ses griffes d'enfance, ses rêves fanés, ses traditions et ses coutumes. Noël comme une blessure, comme un chagrin d'amour.

Quelque part, dans un grenier du Peyrou, devaient vieillir et ternir d'anciennes guirlandes, quelques santons peut-être.

Cyril alluma les bougies dans les chandeliers. C'était son seul luxe quotidien, ces bougies bleues qu'il achetait par dizaines à Cahors.

Et puis, soudain, les trente pièces du Peyrou, la luminosité de plomb du ciel, le silence écrasant de la campagne, l'horizon de neige, les années d'amertume, le pas de Totoche dans l'escalier, les larmes d'homme en solitaire, les boîtes de conserve mangées hâtivement sur le coin de la longue table, tout cela atteignit Cyril comme une rafale de vent, en plein visage.

La Gitane qu'il tenait entre ses doigts crispés s'était effritée.

Il ouvrit son armoire, choisit un beau pull-over en cashmere bleu nuit que lui avait offert la femme de ce médecin cadurcien, un pantalon beige et des mocassins. Pour la première fois depuis longtemps, Cyril abandonnait ses bottes de chasseur, son pantalon de velours côtelé, ses chemises de toile et ses shetlands. Il délaissa même sa canadienne au profit d'un blouson de daim.

Il conduisit vite jusqu'à Cahors malgré les réticences de la jeep sur la route verglacée. Cette route qui montait et descendait, intrépide ; le paysage qui se renversait à chaque pli du terrain ; le Lot proche et lointain, calme et énervé ; le froid joyeux, le vent souple : tout cela rendit Cyril heureux subitement. Comme les enfants, il interprétait les décors au gré de ses humeurs.

Il traversa la ville jusqu'au boulevard Gambetta, abandonna la jeep et se précipita dans un bar. Il s'assit, commanda un café-armagnac et regarda autour de lui, surpris par les gens qui parlaient, bougeaient, vivaient avec exubérance.

Puis il se promena longtemps dans les rues de Cahors en sortant du Tivoli. Il s'attarda dans une librairie, acheta un livre qu'il ne lirait peut-être jamais : *La Guerre des Gaules*. L'édition était magnifique.

Cyril marcha jusqu'au pont Valentré. Il essaya de se souvenir très exactement de la façon dont Raoul racontait la légende de la pierre du Diable et comment cet architecte avait vendu son âme.

Ensuite, il alla faire un tour aux halles et regarda avec écœurement les étalages de nourriture. Il n'avait jamais vraiment faim. La ville était en effervescence.

Noël… Il pensa soudain au Peyrou avec une étrange tristesse. « Les Montignac avaient tort, songeait-il, le Peyrou n'est pas que pierres et terre… »

Cyril trouvait belles les femmes et ternes les devantures des boutiques. Parfois, on le suivait du regard et il se mit à détester Cahors. Peut-être même le Quercy. Il aurait eu besoin d'une femme, d'un ami ou de sa mère, mais seul son chien le suivait à distance, nullement troublé par l'agitation inhabituelle au milieu de laquelle il évoluait.

Il était presque 4 heures lorsque Cyril regagna le Peyrou. Encore la fin de l'après-midi à tirer… Sans se déshabiller, il fit du feu dans la cheminée de la sallette et dans celle du salon. Il avait acheté toute une provision de bougies et de magazines, un collier pour Totoche, une cartouche de cigarettes pour n'avoir pas à affronter Louis ni Saint-Cirq.

Cyril n'avait plus qu'un mois pour vendre le Peyrou. Et plus beaucoup d'argent en poche. Ses seuls revenus provenaient de la location des deux prés du bas à un voisin, des enfants de Sylvia. Le régisseur n'apportait même plus de factures car, vieillissant, il s'occupait de bien autre chose pour vivre. Cyril lui avait laissé sa maison tant elle était éloignée du Peyrou, sur la départementale 8 qui va à la Peyre ou à Berganty. Jusque-là, pour payer Claire, nourrir Totoche, abreuver et assurer la jeep, garnir son fusil et acquitter les petites factures d'électricité ou d'eau : quelques meubles, deux ou trois champs avaient été vendus. Les commerçants de Saint-Cirq lui faisaient crédit et les années passaient.

Maintenant, cinq millions à donner sur la part du Peyrou qu'Adeline lui laissait. Bien sûr, Cyril était loin d'être pauvre. Le Peyrou vendu, il serait encore et à nouveau un des plus aisés du pays. Mais à quoi servirait l'argent sans le Peyrou ?

D'ailleurs, la valeur du domaine avait considérablement baissé depuis l'abandon des terres. Les hectares jadis riches et cultivables étaient en friche. Ni maïs, ni blé, ni fruits, ni vin depuis six ans. Des quantités de travaux à effectuer. Une modernisation devenue indispensable…

Cyril était assis dans le salon, caressant ses livres, rêvant au passé du Peyrou, indolent, paresseux et sans doute malheureux.

— Y a quelqu'un ? Hello, Montignac !

Cyril sursauta. Un visiteur au Peyrou, aujourd'hui ?

— Bonjour et joyeux Noël ! Christ va renaître !

Cyril est partagé entre une envie de sourire ou de s'en aller. Une femme est là. Celle justement qui, un jour, l'a traité d'enfant.

— Joyeux Noël, Sarah.

« Une femme mariée… songe-t-il en la dévisageant tranquillement, mariée à un toubib. Une femme qui a fait des études à Paris, s'il vous plaît, et qui vit en province, sourire aux lèvres, ravie de l'adultère campagnard, probablement stérile pour croire qu'elle fait l'amour à son fils. Phèdre en tout petit. Elle m'est parfaitement étrangère. »

— Je t'ai vu à Cahors tout à l'heure, rue Clemenceau… C'était bien toi ?

La femme hésite devant ce regard sauvage et ce front plissé.

— Tu me donnes à boire ?

Elle s'est approchée de la cheminée en évitant Cyril qui ne bouge toujours pas. Elle tend ses mains aux flammes dans un geste très classique. Elle enlève son manteau, il ne l'aide pas.

— On est sûr, en montant ici, de ne jamais te surprendre et de toujours te déranger…

Elle parle de dos sans s'occuper de lui.

— Qu'est-ce que tu veux boire ? demande-t-il enfin.

— Un peu de vin, quelque chose de doux.

Il est allé chercher une bouteille de monbazillac à la sallette. Il lui donne un verre, lui ôte des mains les livres qu'elle regardait.

— Touche pas. C'est à moi.

Elle sourit. Elle a de jolies dents. Ils boivent en silence. Elle porte un tailleur en mohair rose et gris. Elle n'est pas très mince mais elle est bien faite. On ne voit pas ses jambes dans les bottes. Ils sont face à face, hésitants. Elle est brune, elle a des yeux jaunes.

— Toujours aussi sauvage, Cyril… J'ai été surprise de te voir en ville tout à l'heure. Tu es très élégant aujourd'hui. J'ai failli croire que tu avais changé. Mais ton Peyrou semble de plus en plus abandonné… On raconte que tu veux le vendre. Tu es fou, Montignac, mais j'aime bien ton regard…

Cyril lève la tête, il demande méchamment :

— Tu te prends toujours pour ma mère ?

— Ta mère ?… Ah ! Oui, je me souviens. Grands dieux, non, rassure-toi. Mais tu ne serais pas tel que tu es.

— Fous-moi la paix. Tu n'as qu'à faire des gosses, ça te calmera et on verra bien comment tu les élèveras.

— Même pas poli avec ça…

Sarah, blessée malgré tout, promène ses yeux d'or sur les meubles du salon.

— C'est tout ce que tu prépares pour Noël ?

Il ne répond rien, elle se mord les lèvres.

— Après tout, Cyril, tu l'aimes ta solitude, non ? C'est toi qui l'as construite.

— Non. Ce sont les autres qui se sont tirés dans l'au-delà. Ils devaient en avoir assez d'ici, de tout ça…

— Toi, au moins, dit-elle en riant, ce n'est pas la terre qui t'aura usé ! Ni les femmes.

— Non, c'est l'armagnac du vieux Raoul.

Elle lève un sourcil, hausse les épaules.

— Il paraît que ça a failli brûler, ici ?

— On raconte, il paraît… Je suis si intéressant que ça ? Tu n'as pas vu l'écurie en arrivant ? Ni le chêne ? Du beau travail. Entre nous, je crois que c'est ma faute. Un mégot jeté par hasard…

— Ne crie pas ça sur les toits, les lauzes ont des oreilles.

— Et alors ? Je sais ce que les gens murmurent. Je les entends d'ici ! On croit que c'est moi qui ai mis le feu, n'est-ce pas ? On me connaît mal ! Je n'aurais jamais osé… D'ailleurs, ma pauvre Sarah, pour ne rien te cacher, le Peyrou n'est même pas assuré…

Un nouveau silence. Le monbazillac chauffe dans les verres.

— Tu t'es conduit en héros, non ?

— Sottises ! Je ne voulais pas qu'Alrick grille. Je n'ai pas les moyens d'acheter un autre cheval.

Sarah caresse Totoche.

— Tu ne changes décidément pas, Cyril.

— Non. Est-ce très ennuyeux ?

— Pas le moins du monde. Tout le monde s'en moque. Les gens d'ici ont fini par te rendre ton indifférence. Mais tu incarnes encore un peu la famille Montignac qui a été très estimée dans ce pays…

— Tais-toi. Tu parles de ce que tu ne connais pas. Tu débarques. Va-t'en ! Pourquoi es-tu montée ?

Elle n'hésite qu'un instant :

— Je t'ai trouvé beau et pitoyable. Je pensais que tu avais peut-être envie de parler à quelqu'un d'autre qu'à ton chien.

Cyril se tait. Au bout d'un moment, il murmure :

— Possible…

Elle tend la main vers lui, la pose sur ses cheveux, lui dédie un sourire tendre, indulgent. Il tremble un peu.

— Tu es seul ce soir ?

Silence.

— Tu veux venir réveillonner avec nous ? J'ai des amis à la maison, tu les connais sûrement tous…

Il a sursauté.

— Non ! Rien à faire de ces sauteries de la bourgeoisie de Cahors. Pète-sec et peigne-culs ! Tu n'as aucune moralité en plus, et ton pauvre mari dans tout ça ?

Sarah se lève.

— À propos de ta mère… Elle ne t'a jamais appris à parler poliment et à ne pas faire de mal aux gens, exprès ?

Il rit.

— Tu ne veux pas que je te respecte, en plus ?

Il est contre elle, il l'embrasse avec fougue. Il la sent chaude, frémissante.

— Tu es venue pour ça, hein ?

Elle acquiesce. Et elle le laisse faire sans plaisir.

*

Cyril est seul à nouveau au Peyrou. La nuit est tombée. Il fait chaud dans la chambre, par extraordinaire. Une montagne de braises rougeoie dans la cheminée. Totoche ne dort que d'un œil. Il a senti la qualité étrange du silence. Seize bougies éclairent la pièce. L'horloge, en bas, dans la sallette, sonne douze coups. Il ne neige plus dehors. Un peu de vent s'est levé. Le Peyrou, dominant le Lot, va s'endormir pour une nuit pareille aux autres.

Cyril a monté une autre bouteille de monbazillac. Tout à l'heure, en quittant Sarah, il a dit presque gentiment :

— J'ai baptisé le petit percheron Grain d'orge, c'est joli…

Et il a eu l'air tellement abandonné en disant cela que Sarah a eu les larmes aux yeux. Il l'a prise trop vite, trop brutalement, des mots d'enfant pour des gestes d'homme, une ou deux grossièretés inutiles et puis un « merci » à peine audible.

Sarah en est amoureuse depuis longtemps. Elle ne lui dira jamais. Elle espère seulement pouvoir venir au Peyrou de temps à autre. Il la fascine, il l'émeut. Il est tout ce qu'elle aurait pu aimer chez un homme. Sauvage, tendre, brutal, malheureux, solitaire. Un prince du vent. Le héros de la légende ? Cavalier seul. Elle sait qu'il ne joue pas à l'indifférence, qu'il a été trop blessé dans son enfance. Elle devine cette blessure, l'inquiétude qui le ronge, l'angoisse de vendre le Peyrou. Elle imagine les nuits de veille, les matinées de chasse, elle est presque jalouse du chien, du cheval, du fusil. Elle sait aussi qu'elle n'aura jamais aucune place dans la vie de Montignac. Parce qu'elle est faite pour ce médecin bourgeois, sérieux dans son travail, jovial à table, aussi ponctuel que sa profession le lui permet, empreint d'un positivisme artificiel et qui ne ressemble vraiment en rien à Cyril dans son nid d'aigle.

Elle aussi, d'ailleurs, se sent mieux dans son appartement classique et chaud. Elle ne pourrait sans doute jamais s'habituer à cet enfer de courants d'air et d'effroyable solitude qu'est le Peyrou, même si Cyril lui en donnait la chance. Mais elle croit qu'elle pourrait les aimer assez, lui et son Peyrou, pour avoir envie de les secourir. De leur faire oublier leurs phantasmes, de les apprivoiser avec patience, de leur donner tout ce qu'ils appellent de sérénité en silence.

Elle se demande comment on peut vivre sans aimer. Elle sait que toute sa logique, toute sa sagesse ne peuvent rien, au contraire. Elle ne sait pas ce qu'elle regrette au juste.

Et si c'est vraiment ça, l'amour, alors elle n'a rien compris jusque-là et maintenant c'est trop tard. Cyril n'a aucune force. Il est la force. Il est le rêve. Sarah ne pleure pas. C'est Noël aujourd'hui. Cyril est le début du monde. Elle le reconnaît comme un maître.

Mais ce qu'elle ne peut pas savoir, c'est ce qu'est devenu à cet instant précis l'enfant terrible qu'elle aurait voulu sien.

Il est là, debout contre la porte, comme le matin où Adeline a quitté le Peyrou. D'autres larmes, qui pourraient être les mêmes, coulent des yeux bleu nuit, bleu rage, bleu tempête, bleu désespoir. Il tremble d'un froid intérieur, étranger au monde, fou d'absolu et de tendresse. Il tremble comme un enfant perdu au milieu de son chagrin, comme un chien fautif ou un cheval énervé. Il y a un peu de sueur sur son front. Il est grand et mince contre la porte de bois, silhouette humaine sans notion d'espoir. Il ne sait pas pourquoi il souffre. À ses oreilles résonne encore la voix de Sarah :

« … envie de parler à quelqu'un d'autre qu'à ton chien ?… seul ce soir… rien préparé pour Noël… Christ va renaître ! »

Même pas la foi pour le sauver, même pas envie de pleurer les morts ni de reprendre les rênes de son destin. Pas fait pour. En colère, vaincu.

Cyril se mord les lèvres, il grimace, souvenir de l'incendie, et au milieu de cette crise tardive d'adolescence, il se met à crier :

— Adeline ! Adeline…

Mais le prénom de sa mère est sous la terre de Grézels.

4

L'intrusion de Joron

C'est quand on est vaincu qu'on devient chrétien.

Ernest Hemingway.

Cyril venait de pénétrer dans l'église. Il était passé devant la boutique des « tableaux-bibelots » en traînant. Il avait hésité à la vitrine des « spécialités du terroir », failli s'arrêter entre le restaurant et la mairie-école. Puis il avait monté le chemin caillouteux et passé la porte d'un seul élan.

L'église se taisait, dans son rôle d'église. Le curé n'était pas là. Cyril songeait à Adeline. Quels avaient bien pu être les derniers mots qu'ils avaient échangés ? Aucune idée, aucune souvenance. Qu'importait ? Mais pourquoi Cyril n'avait-il donc pas aimé sa mère ? Il avait eu la bêtise de lui reprocher trois générations de Montignac. À elle ! Qui n'avait que souffert par et à cause d'eux. À elle qui, justement, ne leur ressemblait pas. À elle qui s'était toujours sentie écrasée par le Peyrou et qui, pourtant, voulut sauver cet étranger inerte. Adeline et son respect de la parole donnée.

« Ma mère… »

La seule qui eût jamais accompli un geste gentil envers lui.

« Vous n'avez rien compris… »

Totoche s'encadre dans la porte de l'église et c'est encore elle qui l'a trouvé, sauvé.

Cyril observe, sans bouger, le Christ sur l'autel. Il oblige sa mémoire à faire un effort, il sourit, médite.

Tout Saint-Cirq peut bien croire que, ce matin, Montignac prie.

« Pourquoi m'a-t-on baptisé Cyril après toute cette kyrielle de Pierre, Paul, Gilbert, Raoul et François ? »

Dieu ne répond pas mais ce n'est pas à lui que Cyril posait la question.

« À l'heure où je naissais, les blindés de Hitler pénétraient en Pologne… »

Cyril penche la tête avec beaucoup de sérieux. Il a son expression de visage habituelle, grave, lointaine.

« Qu'est-ce que je fous ici ?

— Sur terre ?

— Non, mon père, dans le Lot. »

*

Claire se hâtait. Elle voulait rentrer chez elle avant la nuit et il restait tant de travail ! Elle haussa les épaules. Après tout, il n'avait qu'à lui dire de venir plus souvent. Un après-midi par semaine ! Ridicule. Elle rangea le balai, le seau et la serpillière.

— Moi, ça m'est égal. Je suis payée pour cinq heures et Dieu sait que j'en ai fait aujourd'hui ! C'est inouï… Il ne retape même pas son lit. Alors !

Elle passa dans la buanderie et tâta les draps suspendus. Elle aimait parler à haute voix, seule, comme pour se donner raison.

— Pas secs, évidemment ! D'ailleurs, sans chauffage, l'hiver, ça met des temps infinis à sécher ! Bon, ce sera pour la prochaine fois…

— Oh, que vous prenez votre travail à la légère ! Pourquoi le dites-vous si fort ?

Claire se retourna, suffoquée. Cyril était appuyé à la porte de la buanderie, un verre à la main, souriant.

— Vous étiez là ? arrive-t-elle à dire d'une voix morne.

— Je ne suis jamais très loin, affirme-t-il de plus en plus hilare.

— On ne vous voit pas souvent ! proteste l'autre.

Il rit.

— Bon, puisque je vous tiens, eh bien, vous me devez cinq après-midi.

— Déjà ?

— Oui. Et puis il y a les produits que j'achète pour l'entretien.

— Ah ?

— Parfaitement. Moi, j'peux pas tout avancer, n'est-ce pas ?

— Certes.

— Alors ?

Il sourit gentiment.

— Ça fait combien en tout ?

— Je vais vous faire le compte tout de suite.

Elle s'accoude au lavoir et griffonne des chiffres sur un petit carnet. Il l'a surprise. En recomptant, elle lui jette un coup d'œil. Il vide son verre tranquillement.

« Il est plus jeune que je ne croyais. »

Cyril regarde le carnet qu'elle lui tend. Il prend quelques billets dans sa poche.

— Je n'ai pas de monnaie, dit-elle.

— Ça ne fait rien, vous serez payée pour les prochaines fois.

Elle hésite à partir. Elle ne peut rien lui reprocher. C'est ennuyeux. Il est calme, aimable, il la paye, lui en donne même davantage. Il n'y aura donc rien à raconter au village ? Il lui tend la main.

— Au revoir…

Cette fois, c'en est trop.

— Bon, alors, à la semaine prochaine…

— C'est ça.

Claire allait partir, elle se ravise.

— Ah ! J'ai trouvé ça dans votre chambre. Où dois-je le ranger ?

Et elle brandit, triomphante, une paire de gants en cuir que Cyril identifie tout de suite comme étant ceux de Sarah. Il a une furieuse envie de rire. Claire semble tellement ravie de sa découverte et de tout ce que cela suppose. Il regarde les gants avec indifférence, puis Claire bien en face, et prend sa voix la plus douce pour dire :

— Bah, je vous en fais cadeau.

*

Louis se penche sur les gants.

— C'est comme je vous le dis ! glapit Claire. Comme il ne savait plus quoi faire et qu'il était visiblement très gêné, il me les a donnés !

Le curé qui les écoute, derrière son Vittel-menthe, secoue la tête amèrement.

Claire, très entourée, a étalé à plat sa trouvaille sur la table. Les habitués du bar font cercle.

— Alors, il a une femme dans sa vie ?

— Évidemment !

— Ça pouvait pas être à l'Adeline, des fois ?

— Vous n'y pensez pas ! Les gants sont neufs. Ils viennent de Paris. Et ils sont beaucoup trop élégants.

Un silence lourd plane dans la salle. Le garde-chasse prend un air entendu.

— Moi, je sais des choses.

Dépitée que l'intérêt se détourne d'elle, Claire lui jette :

— Qu'est-ce que vous savez, François ? Vous n'êtes jamais rentré au Peyrou !

— Oui, mais j'ai vu la voiture...

— Quelle voiture ? ont crié ensemble Louis et Claire.

— Une Mercedes.

Ébahis, les autres se regardent. Même le curé lève la tête au-dessus de son verre. Il fait nuit sur Saint-Cirq et les consommateurs attardés se rapprochent les uns des autres. Une buée opaque sur les vitres les coupe encore du village. Ils se sentent importants, proches d'une grande découverte qui éclatera cette nuit dans les petites maisons basses.

— Une Mercedes ?

C'est Louis, le premier, qui a retrouvé ses esprits.

— Oui. Bleu marine.

Les précisions de François vainquent les dernières résistances.

— Quand ?

— Le jour de Noël.

François attend l'effet de sa déclaration, puis il lâche le reste :

— Et ce n'est pas la première fois !

— Quoi !

Personne n'ose accuser François et aucun « Vous auriez pu nous le dire » n'a le courage de se formuler. Mais la réprobation se lit sur les visages.

— Ça alors…

— Immatriculée d'ici ?

— Oui.

Louis offre une tournée générale.

— Vous vous rendez compte ? demande Claire en agrippant son verre de rouge.

Les autres hochent la tête en surveillant la porte du coin de l'œil, effrayés à l'idée que Lucien Maroux pourrait venir et interrompre ainsi leur conciliabule.

C'est François qui veut conclure :

— Ça doit être encore pire que ce qu'on imagine…

Mais tout le monde s'est retourné. La porte vient de claquer et, à côté du Vittel-menthe, il y a deux francs de plus et un curé de moins.

*

— C'est à vendre ?

Cyril regardait l'homme qui lui faisait face, sans arriver à croire que ces mots aient pu être réellement prononcés. Il hocha la tête, ne pouvant rien faire de plus. L'homme l'avait surpris alors qu'il sortait du hangar où il avait pansé Alrick. Gros, antipathique, suant la graisse, presque chauve et pourtant pas bien vieux, l'homme portait quarante-cinq ans tout au plus.

— Ça va jusqu'où ?

Cyril eut du mal à se contenir.

— Vous êtes acheteur ?

Il connaissait bien la réponse, il savait qu'on se dérangeait rarement pour rien dans le pays. Cet homme-là n'avait pas l'air d'un original. Il avait garé méthodiquement sa camionnette 2 CV devant la grille. Il avait presque l'air d'être chez lui, il s'était déjà installé. Il était habillé sans aucun goût mais avec des vêtements de bonne qualité et de coupe récente. L'homme, un instant décontenancé par le silence de Cyril, tendit sa grosse main :

— Je m'appelle Joron, je cherche une propriété pour faire du vin, on m'a parlé de la vôtre. Je crois qu'on ne parle même que de ça dans la région. La terre est bonne ici, pourquoi vendez-vous ?

Cyril, sur ses gardes, avait négligé la main tendue de Joron. Il esquissa un signe de tête.

— Cyril Montignac. Je vends le Peyrou parce que je n'ai pas une âme de viticulteur ni d'agriculteur.

Malgré le froid, Cyril ne bougeait pas. La dernière phrase de Joron lui avait coupé le souffle.

— Je suis de Souillac. Si ça me convient, je paierai comptant mais je veux le domaine très vite !

Joron comprit aussitôt qu'il venait de commettre une erreur. Cyril avait eu un mouvement imperceptible de recul, de dégoût.

— Vous êtes le fils de François ? demanda-t-il encore pour se racheter.

Cyril ignora la question.

— Voulez-vous faire le tour ?

Cyril faisait des efforts désespérés. Il luttait contre lui-même et sa colère montait.

Joron tendit la main vers Totoche mais le chien baissa la tête, évita la caresse.

Joron se sentait de plus en plus mal à l'aise ; cependant, ce qu'il avait aperçu en montant jusqu'au Peyrou lui donnait envie de rester et de conclure un marché. Les vignes feraient merveille ici. Et il n'y avait pas que ça ! Le maïs, les pêchers, les noyers, le blé, les chênes truffiers : une fortune à faire.

Il s'était arrêté à Saint-Cirq pour prendre un armagnac, pour se renseigner un peu. On lui avait dépeint Cyril comme un original, sujet à de terribles colères, qui avait laissé son domaine à l'abandon par paresse ou par fatalité. On lui avait vanté le vin du Peyrou, celui que l'on buvait du temps de Gilbert. On lui avait dit tout ce que l'on savait des Montignac, plus une récente histoire de femme à laquelle il n'avait rien compris, on avait tout déballé avec ce terrible besoin de parler des autres.

Joron trouvait Cyril bien jeune. Ils marchaient côte à côte sans parler. Joron devait se hâter pour suivre Montignac. Ils firent le tour de la maison et des communs sans s'arrêter. Revenus à la grille, Cyril proposa de prendre la jeep pour montrer les terres à Joron. Il ne disait pas un mot, ne commentait pas les paysages qui défilaient, ne mettait pas un coteau ni un champ en valeur, ralentissait à peine lorsque Joron se récriait devant quelque chose. D'ailleurs Joron finit par se taire.

Il inscrivait malgré les cahots de la jeep des chiffres et des notes sur un petit papier. Cyril regardait ce papier du coin de l'œil, avec une forte envie de le prendre et de le réduire en miettes.

— Pas mal, pas mal…

Cyril stoppa net devant la grille, Joron dut s'accrocher pour ne pas heurter le pare-brise.

— Et l'intérieur ? demanda enfin Joron, descendu de la jeep.

Cyril n'hésita qu'un instant.

— Venez.

Le rez-de-chaussée, en vitesse, Joron, étonné devant le désordre qui régnait à la sallette, flattait de la main les épais murs de pierre. Il évaluait l'âge des poutres, comptait déjà sans doute, par millions, les travaux à entreprendre. Il ne fit grâce d'aucun recoin, d'aucune halte à Cyril. Il descendit à l'aide d'une échelle dans les oubliettes qu'il transformait déjà en entrepôts. Il avait été surpris par la voûte très pure sous laquelle on se trouvait au Peyrou dès la porte passée. Puis impressionné par l'étrange disposition des pièces, leur taille et la température glaciale qui y régnait. Joron essayait de suivre le cheminement des pensées de son hôte d'un instant.

« Pourquoi vend-il ? Il n'est quand même pas acculé à ce point-là… On ne se sépare pas d'un domaine comme celui-ci parce qu'on n'a pas payé son épicier. Il a l'air d'un bon à rien et, en plus, il n'est pas causant… »

Joron ne pouvait pas savoir à quel point Cyril souffrait de cette visite. Il se sentait mis à nu, déjà débiteur. Il se jugeait presque coupable de garder sa fierté. Il aurait fui volontiers, trahi, pour échapper à cette intrusion dans sa vie. Il était son propre spectateur. Il souffrait aussi de s'être acculé à l'irréparable.

« Par ici, gros porc, chambre de Gilbert, sous le toit, fuite d'eau, pas de chauffage, nid à rats, tu verras tout et n'oublie pas le guide. Tu te demandes ce que je cache, tu penses sans ponctuation, et tu parles en mathématiques. »

— Il y a beaucoup à faire pour que cette maison soit habitable, proféra soudain Joron.

— J'y vis ! répliqua Cyril blessé.

— Sans doute, sans doute… Mais tout de même…

« Il est comme les gens d'ici, songeait Cyril, qui alignent des mots sans jamais faire de phrases… »

Au pied de l'escalier, Joron hésitait. Cyril se domina une dernière fois.

— Vous buvez quelque chose ?

— Pourquoi pas ? répliqua l'autre qui s'était attardé volontairement.

Joron se laissa tomber sur le banc, lourdement. Cyril posa la bouteille d'armagnac devant lui.

— J'ai aussi de l'alcool de pêche…

Joron préféra l'armagnac. Ses yeux brillèrent lorsqu'il demanda :

— Fait ici ? C'est fameux !

Cyril acquiesça sans sourire, sans fierté. Il se sentit étranger à l'armagnac, au Peyrou, à lui-même. Envahi de dégoût, il se retourna vers Joron et le dévisagea insolemment :

— Excusez-moi, je suis pressé.

Joron vida son verre, rendit son regard à Cyril et se leva.

— Combien en voulez-vous ?

— Cent vingt.

— C'est trop.

— Tant pis.

Joron sentit que Cyril ne discuterait pas.

— Écoutez... Vous aurez ma réponse dans huit jours. Mais c'est très cher. Réfléchissez bien. Moi, je vous paierai comptant mais baissez votre prix. Vous ne trouverez jamais acquéreur.

— Je suis certain du contraire. Je ne marchande pas. Vous savez que cette terre est riche.

« Il est trop sûr de son argent, pensait Cyril, il ne doit pas en avoir depuis longtemps ou alors il a économisé sou à sou mais il n'est pas fait pour la fortune... »

— Il y a vraiment beaucoup à faire, reprenait Joron, raser les corps de bâtiments, arracher, replanter, retourner la terre... Il y a eu un incendie ici d'ailleurs... Vous n'avez pas le chauffage central ni le téléphone... Cent millions, ce serait bien, croyez-moi.

Cyril ne répondit rien.

— Au revoir, Montignac ; je reviendrai.

Cyril posa à nouveau son regard sur Joron.

— Je sais que vous reviendrez. Le Peyrou, tel qu'il est, avec ses deux cents hectares de friches se vendra au prix que j'ai fixé. Au revoir.

Joron haussa les épaules mais il n'osa pas, cette fois, contredire Cyril.

*

La nuit de janvier pesait de tout son poids sur le Peyrou en éveil. Cyril, éclairé par les bougies bleues de sa chambre, arborait un étrange sourire.

Totoche, couché le flanc contre la porte, ignorait avec béatitude la comédie jouée un peu plus loin.

— Le plus beau rôle de ma vie... murmurait Cyril. Un rôle en or ! Sur scène, Joron et Montignac ; un combat truqué. Un vendeur, un acheteur, un vainqueur, un vaincu...

Ces paroles, prononcées d'une voix coupante, heurtaient les murs en dansant une curieuse valse saccadée.

— Joron détournera le ruisseau d'Adelfranc...

Un petit cours d'eau qui longeait le pré perdu et dans lequel on pêcha une truite le jour du mariage d'Adeline et François, ce qui lui avait valu son nom.

— Joron empoisonnera les animaux. Il les tuera sans leur laisser une chance ! Joron débaptisera les prés et les collines, il les numérotera, il sciera le grand chêne calciné, il fera de la bibliothèque une grange à foin...

Cyril se fait mal en souriant. Son goût du drame, l'influence des livres trouvés par hasard et mal assimilés, la solitude qui l'entoure, la noblesse du décor de son existence le poussent vers son secrétaire, il ouvre le cahier qui lui sert de journal et commence :

« Le Peyrou à Saint-Cirq-Lapopie, 4 janvier 1970.

Voilà, c'est presque conclu. Je ne tiens plus le Peyrou que par un morceau de papier. Un chèque non perçu entre l'ancien et le nouveau propriétaire. L'exploitation enfin aux mains d'un connaisseur ! Chasse interdite, pêche défendue, domaine privé...

J'ai tiré ma dernière cartouche en plein cœur. Assassiné, le Peyrou ! Un genou à terre... Terre... Oh, mon Dieu ! Si vous existez... »

Cyril a posé son stylo, la vision d'Adeline qui rapetisse sur le chemin, sa silhouette tordue par les larmes, sa valise dérisoire…

Comme un vêtement brûlé avec la peau, le Peyrou s'accroche à Cyril. De chaque parcelle de son corps mince suinte un peu de la tendresse de ses souvenirs. Personne d'autre à aimer que cette maison et ces vignes. Un immense amour platonique, un respect bafoué… Une déception à la mesure de l'infini.

« Ma maison… Ma chambre. Et je ne savais pas que c'était si intime, si personnel. À qui demander pardon maintenant ? Pas plus que les objets, je ne retrouverai ma vraie place ailleurs. »

Cyril tourne autour d'un vieux fauteuil, pensif, presque accablé. Odieuse solitude. Un regard vers le secrétaire… Ah, non ! Ne pas exhiber, surtout, les factures et les lettres, ne plus compter.

Cyril écarte les bras, les laisse retomber. Une moue d'enfant sur ses lèvres.

— Ben oui, quoi…

Mais le Peyrou, c'est plus grave qu'un pot de confitures volé, un lapin braconné chez le voisin ou un vase cassé par mégarde. La vente du Peyrou n'est pas une bêtise d'enfant.

Cyril a fini par réveiller Totoche. Ils se suivent d'un mur à l'autre, ils semblent discourir comme deux vieux paysans déchus.

La pensée de Cyril s'arrête un instant sur Sarah avant de glisser vers l'hiver. Un bel hiver… Sain et sec.

Cyril est descendu jusqu'au salon, il a allumé un grand feu, il s'est assis sur le petit banc d'angle, il rêve.

Il y a son profil découpé dans les flammes, son chien attentif, un peu trop près des chenets, le manque de bruit, oppressant, la solitude, encore et toujours, à l'ombre de Joron désormais.

*

Cyril remontait la pente raide de la rue. Il savait, devinait et comprenait ceux qui le guettaient de leur cuisine et le regardaient passer.

« Tribunal permanent. »

Cyril se sentit révolté contre les paysans, les villageois, les commerçants, comme si le peuple, une fois encore, s'était permis de juger un aristocrate.

« Je suis pourtant des leurs… »

Cyril pénétra dans le petit restaurant de la place. « Aux bonnes choses », promettait bêtement l'enseigne. Il n'y avait aucun client.

— Un foie gras, une salade, une bouteille de vieux cahors.

Les enfants rentraient à l'école, de l'autre côté de la rue. Il était 2 heures.

Cyril but un verre de vin.

— Au Peyrou ! dit-il à haute voix.

« On mange bien dans ce pays. Je suis banni de ce village. Cette région m'exaspère. »

La fausse gaieté, le faux cynisme de Cyril tombèrent d'un coup. Il appuya ses coudes à la table.

— Joron…

Il était vidé de tout. La serveuse ne faisait aucun bruit. Cyril n'avait pas mangé correctement depuis longtemps. Il repoussa un peu sa chaise.

« Qu'est-ce que je fais, au juste ? »

— Avez-vous trouvé un acheteur, monsieur Montignac ?

Cyril leva les yeux sur la fille qui n'était pas laide.

— C'est fait, dit-il.

Elle enleva l'assiette et les couverts.

— Donnez-moi un peu de fromage, s'il vous plaît.

« Oui, c'est fait, irrémédiablement. Je n'ai pas le choix. Eh bien, tout de même, si j'avais pu savoir à quel point je l'aimais ce Peyrou… Comment est-ce ailleurs ? »

Il regarda autour de lui.

« Oui, tout sera trop petit, trop propre, trop clair… »

Il mangeait son fromage sans savoir que la serveuse l'observait. Il demanda l'addition.

En ouvrant la porte, il se retourna vers la jeune fille.

— L'autre, c'est Joron. Et vous vous amuserez encore moins avec lui qu'avec moi.

Cette petite phrase l'avait libéré mais il se sentait mesquin. Il aurait mieux fait de se taire selon son habitude. On a toujours tort de trop parler. Et même de ne parler qu'un peu. D'ailleurs, ça ne voulait rien dire. Pour la simple raison que Cyril ne connaissait pas Joron qui n'avait même pas encore acheté le Peyrou. Et si ce Joron était marié ? S'il avait des enfants ? Le Peyrou les amuserait sûrement beaucoup. Beaucoup, beaucoup.

— Alors le Peyrou sera comme toi, Totoche, un château pour rire.

« Ils vont me taxer d'idiotie absolue si je parle à mon chien en pleine rue. Mais je me fous de ce qu'ils pensent. »

La jeep était à sa place devant l'église.

« Et quant à ce prêtre qui se prend pour don Camillo, s'il s'imagine que je vais aller le voir ! Je ne crois pas en la terre, ce n'est pas pour croire en Dieu. »

Cyril s'appuya au capot pour allumer une Gitane.

« J'ai tort, tort sur toute la ligne. Et surtout en essayant de me mépriser. En toute bonne foi, je ne me sens pas critiquable. Et, avant tout, parce que personne n'aurait le droit. Mais… ai-je été heureux ? »

Cyril savait qu'il n'attendait là que pour que le curé l'y trouve et pour se prouver à lui-même que non seulement il se mentait mais qu'en plus il était vulnérable, dérisoirement faible.

Le curé ne parut point. Il n'y a pas de miracles. Cyril, fatigué de lui-même, remonta dans sa jeep et quitta le village sans regrets.

*

Cyril regardait Lucien sans haine. Et pourtant… Il détestait depuis toujours les pièces assombries de fumée, les lumières rouges, les musiques trop fortes et les couples. Tous les couples. Ceux qui s'aiment ou se quittent, ceux qui se parlent et ceux qui se jugent. Car depuis Adeline, depuis François, Cyril hait tout ce qui va par deux et c'est sans doute pour cela aussi qu'il a adjoint Alrick au couple qu'il formait avec Totoche. Trio sans heurts, sans bruits. Des orages au ralenti qui cessent à volonté.

— Pourquoi m'as-tu traîné dans cette boîte, Lucien ?

— Pour te changer les idées. Ou pour t'en donner enfin. Des idées d'existence vraie. D'une société qui bouge, d'une jeunesse qui vit.

— Qui existe, au mieux.

Cyril tourna la tête, un peu. Parce qu'il avait entendu une voix connue près de lui. Étonné, il découvrit Sarah et son mari.

— Cyril, tu m'écoutes ?

Le jeune homme ne prit pas la peine de répondre.

— Elle te plaît ? dit le maire en riant car il avait suivi le regard de Cyril.

— Ça m'étonne de la voir là.

— Pourquoi ? C'est la femme d'un médecin d'ici. Elle est charmante, d'accord, mais…

— Elle m'a plu.

— Tu l'avais déjà vue ?

Cyril rit malgré le bruit et l'obscurité qui l'obsèdent. Lucien s'étonne. Puis il comprend.

— Oh, non, Cyril…

Sarah leur a fait un signe de tête, le mari se retourne et salue Lucien Maroux. Son regard effleure Cyril.

— Elle t'aime ? s'inquiète Lucien à voix basse.

— Comme tu es curieux, Lucien… Je n'en sais rien.

— Mais alors ? C'est une liaison ? Pourquoi me l'avais-tu caché ?

Cyril regarde Sarah qui danse, il reprend, sans répondre exactement à Lucien :

— Je la saute en silence. Peu importe ce qu'elle pense. Je n'ai pas à me soucier de ses états d'âme.

Le vieil homme a sursauté.

— Tu me dégoûtes, Montignac.

Cyril fait face à Lucien.

— Cela semble vrai…

Ils se surveillent quelques instants. Lucien sort de l'argent de sa poche, le pose sur la table, lentement, et se lève. Cyril le laisse faire, un peu veule, et il évite le regard de Lucien qui murmure « bonsoir » en fuyant.

*

Il faisait nuit sur le Quercy. La vallée de la Peyre résonnait, ivre de colère, des coups rageurs de fusil. C'était une véritable lutte entre le petit Montignac et elle.

Avant, c'était pour rire. Comme pour jouer. Mais avec Joron, c'est la vérité. La vérité du meurtre.

« La guerre m'a légué sa passion des armes. Elle m'a donné envie de faire du bruit. De prouver que je peux tuer aussi. Elle m'a ruiné psychiquement et réellement. Tu lui cèdes, Peyrou. Tu lui dois l'agonie. Oradour est en flammes. La maison du Seigneur qui ne protège plus personne. Plus l'heure de prier, on grille. À qui recommander son âme ? Et vous aviez encore la foi ? »

Cyril, malgré l'obscurité, tire sur tout ce qui bouge, tout ce qui bruisse ou tremble à portée de cartouche.

« Je ne vous veux pas de mal… »

Et les animaux gisent autour de lui en un large cercle sanglant.

« Je veux savoir si je pourrais… »

Alrick écoute, au fond du hangar. Totoche ne court après personne. On ne chasse pas à cette heure tardive, on décime.

« Ma dernière nuit sur mes terres. »

Il y avait Sarah tout à l'heure dans cette cave, et ce geste qu'il aurait aimé avoir. Il fait froid au Peyrou, il doit faire froid partout. Cyril baisse son fusil, il fait demi-tour et se hâte dans les ténèbres.

À nouveau le silence. Un gigantesque calme. Une infinité moins quelque chose : un rien. Juste ce qu'il manque à ce Peyrou solitaire. Cyril remonte la longue allée qui conduit à la grille. Il a déjà oublié le carnage. La neige crisse un peu sous ses pas. C'est classique et toujours aussi émouvant. Alors, quoi ? Est-ce un violon, un peu de chaleur qui manquent ? Quelques étoiles ou une femme ? Une femme pour la vie…

— Totoche…

C'était un murmure. Le chien suit. À quoi pensent les chiens trop fidèles ? Le froid a tué tous ces insectes qui font les bruits de la nuit. Le Peyrou semble un gros animal tassé dans cette obscurité dure et compacte. Cyril ralentit sa marche. Il respire vite. Un mal à la gorge caractéristique. Et les ombres qui oscillent. Cyril s'appuie au chêne. Il pleure. Comme ces enfants que la nuit rend tristes sans raison.

— Oh, je voudrais…

Une plainte. Mais même… Trop difficile à définir, ces trente années de solitude librement consentie, épousée à pour-cœur, et cette vie intolérable d'anachorète.

— Adeline !

Encore ? Mais cette fois, Cyril l'a crié rageusement.

— Je vous déteste ! Oh, comme je vous déteste !

Non. Il la regrette. Il la pleure. Car il ne comprend pas. Et surtout pas pourquoi il s'est retrouvé agenouillé dans la neige et souffre physiquement. Il est parcouru de frissons. Une vraie crise. Avec ses mains, il creuse pour trouver la terre. Il la prend à pleines poignées, il se griffe les joues.

L'obsédant calme qui règne autour de lui rend Cyril encore plus nerveux. À travers ses larmes, il hurle :

— Je ne peux pas tout perdre ! Ma mère, ma maison, mon cheval ! Et moi ! Moi, alors ! Adeline ! Adeline…

Totoche est couché sur la neige. Il gémit, gratte aussi le sol avec ses pattes arquées, de toutes ses forces. Il voudrait aider Cyril.

Vain. Tout serait vain pour ce garçon de trente ans qui pleure sur lui, sur l'échec prématuré de sa vie et la perte de sa maison.

Cyril a relevé la tête. Les phares d'une voiture le giflent, l'isolent contre le chêne et au cœur de sa nuit.

— Cyril !

Une voix d'homme, chaude. Cyril veut se relever, il y renonce. Cette silhouette qui avance vers lui, bras tendus, c'est pire que tout.

— Lucien…

Le prénom s'étrangle. Décidément Cyril appelle au secours. Le maire s'est agenouillé à son tour.

— Mon petit…

— Je suis un lâche, Lucien, un lâche, tu avais raison. Un incapable, un inutile. J'ai tellement rêvé ! Mais à toi je peux le dire. Je hais la solitude ! Je la hais ! Lucien, je vais me foutre en l'air. Je n'en peux plus ! Tu me trouves ridicule, hein ? Pitoyable ?

L'autre le secoue, effrayé. Il n'arrive pas à le maîtriser. Cyril manie le désespoir comme le silence, en plein. Et ce visage griffé, sale, marqué de longues balafres sanguinolentes et de sillons de larmes, lui semble épouvantable dans la lumière jaune des phares. Cyril a cinquante ans et le visage du découragement, de la mort, du défi à notre monde. Et cette nuit n'aura pas de date ni de mesures. Et rien n'a plus de limites. Lucien, les dents serrées, a bêtement envie de pleurer lui aussi.

A-t-il vraiment aimé Cyril comme son fils ?

— Mon petit… répète-t-il, impuissant devant la rage de l'autre.

— Je suis mal heureux…

Cyril est allongé dans la neige.

— Va-t'en ! Va-t'en ! Tu sais que je ne te pardonnerai jamais d'avoir vu ça ! Je te hais plus que n'importe qui. Tu es un reproche, une sorte de justice. Oh, Lucien ! Je t'en prie…

Cyril a pris la main de Lucien. Il serre un peu trop fort.

— Tu ne sais pas la force du Peyrou. Il est maudit. C'est lui qui me chasse. Donne-moi à boire. Il faut oublier que cette nuit n'aura pas d'aube. Pourquoi es-tu toujours là ? Je te chasse ! J'en ai encore le droit pour un tout petit peu de temps. Il faut bien que je puisse me venger à mon tour. Les Montignac sont morts en masse. Les lâches…

Lucien gifle Cyril à toute volée. L'autre est sans réaction. Les larmes qui continuent de couler sont les mêmes que tout à l'heure.

— Cyril ! Arrête ! Relève-toi. Tu vas choper la crève. À quoi ça rime cette fusillade ? Tu as réveillé tout le village. On pensait que tu étais devenu fou. Tout cela n'a pas de sens.

— Pas de sens ?

Cyril est sur un genou, il a du mal à reprendre son souffle.

— Pas de sens si je te dis que je veux mourir ? Casser les branches à coups de fusil n'est pas mon ambition ! Tu ne comprends rien. Tu es leur complice et pardon d'avoir troublé le sommeil des honnêtes villageois ! Va leur dire que je réclame leur clémence pour ma folie !

Les hurlements de Cyril déchirent le plateau obscur. Lucien sursaute. Puis il se met debout, prend Cyril sous les bras, le relève et lui jette à mi-voix :

— Imbécile ! Nous sommes ridicules à nous traîner ainsi dans la neige. Tu triches ! Toi non plus, tu n'as rien compris. Tu baises au lieu de faire l'amour. Tu méprises au lieu de connaître. Tu imagines au lieu de vivre. Tu rêves au lieu d'agir. Tu t'accroches à des souvenirs qui sentent la charogne. Parce que tu as peur. Des autres. Des ombres. De la terre. De ne pas être à la hauteur.

Lucien oblige Cyril à marcher jusqu'à la grille du Peyrou. Ils ont abandonné le fusil près du chêne.

— Cette maison ne demandait qu'à être ton amie, puisqu'il faut parler ton langage. Mais les heures ont trop passé. Passé trop vite. Mon pauvre enfant, il y a beaucoup plus malheureux que toi et tu ne le sais pas. Tu ne sais rien. Tu ne connais rien d'autre. Cette propriété devait être ton avenir, ton horizon, c'était si simple ! Mais tu vas devoir en changer…

Lucien pense : « C'est vrai que cela semble atroce et Dieu qu'il fait froid. »

Le Peyrou les accueille enfin. La grille est passée mais Cyril s'écroule à nouveau sur les pavés de la cour et Lucien n'a pas eu le temps de le retenir.

— Lucien… Lucien… Une présence… Je donnerais n'importe quoi de ce qui me reste. Je n'ai aucun ami. Toi… Je ne comprends pas pourquoi… Écoute… J'ai quelque chose à te dire. Non, non, écoute ! J'ai peur… C'était il y a longtemps, tu sais. J'étais gosse. Je ne me rappelle pas exactement. C'était aussi une nuit d'hiver. Pas la même mais presque. J'étais tapi au fond du pré perdu. Et ma mère m'appelait. Sa voix me parvenait déformée. Elle était folle d'inquiétude. Il était tard et j'avais froid. J'écoutais ces appels avec beaucoup d'intérêt. Et j'étais bien. Tu vois ce que je veux dire ? Bien… Mais je ne savais pas ce que c'était et je n'ai pas compris. Plus elle criait et s'approchait et mieux j'étais, certain qu'elle ne pouvait pas me découvrir et que ses craintes augmentaient. Alors, j'ai eu un peu le vertige… Non ! Écoute la fin. C'est surtout à toi que je veux la dire. Parce que les enfants savent beaucoup de choses. J'avais neuf ans, dix… Elle est passée tout près de moi. J'ai eu du mal à ne pas gémir. Je ne savais pas ce qui me prenait… Lucien, il faut que tu me croies… Je ne saurais plus dire maintenant si je l'ai vécu ou si c'est une autre hallucination. Mais j'ai toujours respecté ma mère…

Lucien ne regarde pas Cyril qui se traîne sur les pavés comme un homme blessé. Il est avec le gosse au fond du pré perdu, avec Adeline tourmentée, avec ce plaisir nouveau, étrange. Cyril cherche à se relever mais il est saoulé de larmes. Le poing de Lucien le cueille dans son effort. Lucien frappe Cyril avec une incroyable rage.

— Salaud ! Il y a des choses que les hommes doivent savoir…

Cyril ne dit rien. Le premier coup l'a renvoyé contre les pavés. Lucien ne souhaite pas qu'il se défende et Cyril ne cherche pas à l'éviter. Lucien est penché sur lui. Totoche a bondi, le vieil homme se retourne, surpris. Totoche mord, plein de haine, gagné par l'énervement des deux hommes et leurs cris. Lucien se débat. Cyril les voit entre ses cils comme dans un rêve. Il murmure :

— Totoche, assez ! Va-t'en !

Le chien s'éloigne, Lucien se relève, Cyril le regarde d'en bas, toujours allongé.

— Heureusement qu'il était là ! Tu ne sais pas te contrôler lorsqu'il s'agit d'Adeline. Mon pauvre Lucien. Va-t'en aussi. C'est fini. Je vais rentrer seul.

— Debout !

C'est un ordre. Mais Lucien tend la main à Cyril. Ils marchent côte à côte. Il y a du sang sur la neige derrière eux et le chien s'est enfui.

*

La nuit avance lentement. Il est 3 heures. La bouteille d'armagnac se vide. Lucien est assis sur une chaise de paille. Assez loin de Cyril. Ils sont installés dans la sallette. Ils ont fait du feu. Le Peyrou les abrite sans joie. Cyril parle, Lucien l'entend sans l'écouter. Tout ce que dit le garçon lui rappelle Adeline. Les années d'avant. Du temps de François. Lorsque Lucien aimait Adeline en silence. Un silence évident, à cause du gosse. Et tout ce que Cyril raconte, Lucien l'a vécu de l'autre côté des grilles. À travers les récits de Raoul, lorsqu'il venait boire le café ou le cognac à Saint-Cirq. Raoul qui parlait de son fils François avec la neutralité des paysans. « Il est chétif. Il tousse toujours beaucoup. Ma bru a bien du courage. Leur petit ne semble pas bien costaud non plus. Il tient de François. C'est dommage… Vous savez, on n'y comprend rien à Cyril… Toujours en vadrouille, jamais un mot. On ne sait pas s'il se plaît en classe. À votre avis, Lucien ? L'instituteur ne vous a rien dit ?

Le gosse apprécie beaucoup sa carabine. Ce sera sans doute un bon tireur… »

Lucien écoute encore le récit de Cyril qui remet quelques bûches dans la cheminée.

— Je détestais l'école. Les garçons de mon âge riaient trop en récréation. Ils s'amusaient à faire crever les mouches et les fourmis. Ils faisaient des courses de crapauds et de rats. Je songeais aux lièvres que Raoul abattait le dimanche. Mon grand-père ne chassait que le dimanche. Et dès le samedi soir il avait un air grave et préoccupé. Il astiquait son « 16 » avec beaucoup d'amour… Non, décidément, mon pauvre Lucien, on aura tout fait pour que je croie au Moyen Âge… Au fond je l'ai bien aimé, Raoul. Mais c'était un homme dur à la tâche, âpre au gain. Il ne savait pas enseigner. Avec lui, tout était travail… Et il a tant fait pour le Peyrou…

Lucien hoche la tête. Son regard court le long des cuivres poussiéreux. Et il se souvient. Le dimanche, justement. Il venait déjeuner. On mangeait le gibier stocké au Peyrou d'une semaine sur l'autre. Adeline faisait bien les civets de lièvre, les perdreaux flambés au cognac. Et Lucien la regardait tristement. À cette époque, les cuivres flamboyaient. Comme tout cela semblait lointain. D'un autre âge, d'un univers paradoxal. Pourtant, le Peyrou avait déjà des problèmes : la vigne, le maïs, le blé…

« Il faut faire feu de tout bois », soutenait Adeline. Et rien ne se perdait dans la demeure. Les sarments morts des vignes brûlaient dans la cheminée, les restes de viande se savouraient en tourtières le lendemain et, dans de grands bocaux, les pêches trop mûres se conservaient avec du sirop.

Lucien prenait sur ses genoux l'enfant blond qui ne riait jamais.

« Je peux faire un canard ? » disait Cyril en tenant du bout de ses doigts trop fins un morceau de sucre roux. François parlait de ses migraines.

« Adeline, le pain ! » Fait maison, naturellement. Toujours des ordres, jamais un mot gentil mais d'authentiques cernes sous les yeux de la femme.

Cyril ressert de l'armagnac.

— Et puis, tu sais, Lucien, mon père, je ne l'ai guère connu. On ne peut pas dire que sa mort ait fait un grand vide dans la maison. Tout a poursuivi son chemin de labeur.

Et Lucien a continué de monter au Peyrou après l'enterrement de François. Ni plus ni moins qu'avant. Il n'a rien dit à Adeline. Jamais. Par respect, par orgueil, ou pour tant d'années écoulées. Qu'en auraient pensé Raoul et le gosse ? Mais Lucien ne s'était pas marié ailleurs et il fut vite trop tard.

— J'ai haï mon grand-père parfois, mais sa mort m'a touché. Il a laissé une maison désorientée. Je n'ai pas compris qu'Adeline aurait tant de mal à continuer son œuvre. Le Peyrou, c'était terrible : les ouvriers, les machines à entretenir, les récoltes insuffisantes, et moi avec mes silences, avec mes colères. J'ai été inconscient, injuste. Ma mère souffrait. Je le savais et j'en étais malheureux. Mais je ne pouvais rien. J'étais obstiné et, plus je me sentais coupable, plus mes remords me rendaient agressif, lointain. Je me suis muré…

Lucien alors montait plus rarement au Peyrou. Adeline n'avait guère le temps de faire la cuisine. Car elle assumait toutes les charges. Cependant, lorsque Lucien était là, elle ne se plaignait pas. Ou peu. Seulement du petit.

« J'ai beaucoup de mal, il est dur. C'est souvent une épreuve et je me sens bien seule… »

Adeline était vieillie prématurément. Lucien gardait de la tendresse pour elle. Il lui amenait un lapin de temps en temps ou une bouteille de vieil armagnac. Il montait toujours à Noël, portant des cadeaux pour Cyril.

« Ah, vous le gâtez trop, Lucien ! » s'écriait-elle, les yeux brillants, et le maire avait le cœur serré devant tant de détresse tue, de misère cachée et d'amour perdu.

« Oh, Adeline !… »

— Je crois que tu aimais bien ma mère, Lucien…

Cyril continue, il est intarissable cette nuit. Lucien l'écoute mal. Sans vouloir l'admettre, il craint un peu la cruauté de l'autre. Oui, les enfants sentent beaucoup de choses et l'attachement de Lucien n'avait pas dû échapper à Cyril. Gâchis de tendresse inavouée : toute son ancienne peine est revenue à Lucien.

— Et puis, les Montignac, c'est une légende ! Heureusement qu'il y a eu Adeline Hontier pour redorer leur blason. Gilbert, Raoul, Paul et Adeline, à eux quatre ils ont écrit l'histoire. Toute l'histoire, car elle est finie…

Et ce jour atroce où Lucien est arrivé au Peyrou. Il a rencontré Cyril dans l'escalier. C'était la première fois qu'il le voyait pleurer.

« Elle est partie, Lucien. À Grézels, définitivement. »

Cyril avait attiré Lucien vers la fenêtre de l'escalier.

« Regarde ! avait-il crié. Tous ces champs, ces vignes, c'est à moi ! Je m'en fous ! Tout va crever ! Elle n'y arrivait plus, tu comprends ? Alors moi, n'est-ce pas ! Regarde bien le Peyrou, c'est la dernière fois que tu le vois en vie ! Ma mère, ma mère m'a plaqué comme un amant hors d'usage ! Pauvre dynastie des Montignac ! Prestige dévalué pour toujours et le Peyrou va les suivre dans le néant ! »

Lucien, en partant dans le chemin, avait les yeux pleins de larmes lui aussi. Les cris de Cyril résonnaient encore à ses oreilles.

« Je ne lui ai pas dit au revoir et je ne la verrai plus jamais ! Je n'irai pas à Grézels ! Elle mourra seule et sans un mot de son fils ! »

Et Lucien imaginait le départ solitaire d'Adeline, sa tristesse et son découragement, cette décision cruelle de partir. Il ne la revit pas après son départ du Peyrou. Il n'osa pas aller jusqu'à Grézels. Il préféra une fois encore l'ombre.

Le vieil homme lève la tête, regarde Cyril. Ses colères l'effraient. Il est heureux du calme qui a envahi peu à peu la sallette. Il se retourne vers ses souvenirs.

Ce jour de foire où il l'avait rencontrée à Cahors…

« C'est Cyril qui m'a descendue avec la jeep. J'ai besoin de tant de choses pour la maison ! Et nous n'avons plus beaucoup d'argent. Comme la vie est dure, mon pauvre ami, et ingrate… »

Plus tout ce qu'elle avait tu de ses mornes souvenirs. Des déceptions innombrables. La paresse, la lâcheté, l'indifférence de François. La violence de Cyril, l'ancienne tyrannie de Raoul, les petites escroqueries des ouvriers à une femme, les sourires des fausses bourgeoises de Saint-Cirq devant cette veuve trop courageuse, les charges écrasantes du domaine… Était-ce pour tout cela qu'elle était partie ?

— Ma mère a vécu sans une note de musique, sans un livre, sans un mot gentil, sans luxe. Avec, pour toute ambition, l'ingratitude d'une terre hostile, et pour tout horizon, des Montignac tellement fiers de l'être ! Je me suis souvent demandé pourquoi. Si le courage est fait de tant d'orgueil… Adeline a passé au Peyrou une existence en marge du temps. Fidèle à ses corvées, et se défendant mal contre une inévitable tristesse qu'elle n'a pas pu admettre tout à fait. Elle ne me demandait jamais d'allumer un feu. Elle était sans doute plus subtile que les autres. Mon grand-père ne l'emmenait pas souvent à Cahors. Le village de Saint-Cirq a été la moitié de son univers. Elle aimait ton village, Lucien, et ne comprenait pas l'hostilité naissante des paysans. J'avais mal lorsqu'elle commençait ainsi une phrase : « Quand j'étais jeune fille, à Grézels… » Est-ce vers son passé qu'elle est repartie ? Vers des souvenirs plus tendres qu'elle a dû trouver jaunis… Je n'ai pas su l'aimer…

« Ainsi, songeait Lucien, ceux qui l'ont aimée le lui ont tu. Pourquoi ? Quelle injustice… »

— Sa mort, la nouvelle de sa mort, oh, Lucien ! Ce fut épouvantable. Savoir qu'on ne peut plus rien, plus jamais. Il n'y a pas de mots assez simples. Quel égoïsme… Et que les malheurs sont peu de chose en face du Malheur…

Un silence, enfin, coupe les divagations désordonnées des deux hommes en planant dans la sallette.

Il s'installe tranquillement. Il est 6 heures. Il fera bientôt jour. Encore un peu de patience et l'épreuve sera finie.

Lucien a veillé sur Cyril mais il lui faut tenir jusqu'à l'aube apaisante. Cyril chasse le silence importun.

— Elle me parlait parfois de toi… Il comprend, disait-elle, beaucoup de choses…

« Mais elle ne me confiait pourtant rien… »

Lucien prend la parole à son tour.

— Je me souviens de son mariage…

Il raconte sans amertume.

— Raoul avait invité beaucoup de gens pour les noces de son fils. Adeline était une jolie jeune fille. Robuste sans être épaisse, avec tes yeux, de ce bleu nuit insolite. Il n'y avait aucun mystère en elle… Une attentive sagesse, du courage, de la volonté. Elle a vieilli très vite. Le Peyrou je pense, les soucis, la santé de son mari. Je me suis parfois demandé si elle l'aimait vraiment… Pardonne-moi, Cyril. Ta mère a été une femme exemplaire mais sans passion. Sans la fraîcheur d'un amour de jeune fille. Et, d'un autre côté, ce nom de Montignac ne semblait pas signifier grand-chose pour elle. On ne peut pas dire que Raoul ait été très doux avec elle… Tout cela est du passé… Je ne sais plus ce que je dis…

Lucien rêve.

— J'aimerais te voir marié, mon petit. Tu sais le poids de la solitude. Et, en vieillissant… ce n'est pas drôle… Mais tu as peur des femmes… Cette Sarah, c'est ignoble ce que tu as dit… Tu le penses ?

Cyril ne répond pas. Mais un léger tressaillement qu'il vient d'avoir encourage Lucien à poursuivre :

— Aimer, Cyril, voilà une chose importante. Tu regrettes pour Adeline. En réalité, c'est une femme qui te manque. Pas pour oublier ta mère, petit, pour te faire comprendre ce que tu ne sais pas…

Cyril tourne la tête vers Lucien. Il demande doucement :

— C'est toi, Lucien, qui prêches le mariage ? Mais il me semble que toi, justement…

Lucien tousse un peu, il soutient le regard de Cyril.

— Moi, je n'ai jamais pris la femme d'un autre…

— Bêtises ! De la morale en plus ! Mon pauvre vieux, toi qui parles de vivre avec ton temps… Tant mieux si Sarah a un mari. Ça lui évite de s'ennuyer quand je ne suis pas là. Oh, et puis tu m'agaces !

Le maire s'était mis à rire.

— Tu n'arrives pas à être aussi insensible que tu le voudrais. Tu insultes les femmes pour te donner une autorité que tu n'as pas.

Cyril, rageusement, remet une bûche dans la cheminée. Des étincelles jaillissent, les flammes remontent brutalement. Cyril s'est rejeté en arrière.

« Rien ne tuera ses phantasmes », pense Lucien.

— N'aie pas peur, dit-il à mi-voix, l'aurore arrive.

Cyril soupire, se rassied.

— Veux-tu du café ?

— Volontiers, répond Lucien.

« Tu n'as jamais su le faire… »

L'odeur du café les prend tous deux à la gorge. Un peu de sucre roux comme il y a vingt ans. Cette nuit a passé comme une page de Chopin. Allons, monsieur le maire… Épuisés, pâles, ils se regardent.

— Dis-moi, Lucien, ma mère… Tu l'aimais bien, n'est-ce pas ?

Leurs regards se rencontrent. Mais Lucien ne se dérobera pas. Il repose sa tasse.

— Oui, Cyril, je l'aimais beaucoup…

Et maintenant, ils peuvent se taire, ils ont tout dit. C'est une histoire d'hommes. Lucien est debout, il tend sa main encore une fois.

— Adieu, petit, dors à présent.

Ils n'ont pas parlé de Joron une seule fois, car ils savent que ce n'est pas le plus important. Cyril cherche quelque chose de gentil comme un mot de remerciement mais il éclate de rire et son visage sali, maculé de boue, devient très beau soudain.

— Dis, Lucien, tes phares ! Tes phares de cette nuit ! Tu partiras à la manivelle !

Cyril éteint la lumière. Le jour est né. Ils sortent ensemble, il fait très froid. Cyril regarde le chêne et il murmure :

— Tu n'en veux pas à Totoche, dis ?

Le maire secoue la tête, angoissé d'émotion. Il y a une couche de gel sur le canon du fusil, fine et transparente. Crosse enfouie dans la neige, l'arme semble appuyée avec maladresse contre le vieux chêne mort.

5

La misère du Causse

La chair est triste, hélas ! Et j'ai lu tous les livres...

Stéphane Mallarmé.

Cyril ne marqua aucun étonnement à la vue de la camionnette stationnée devant la grille. Il rentrait d'une harassante promenade commencée à l'aube, après le départ de Lucien, achevée de fatigue, saturée de vent.

Alrick était souillé d'écume. Sa sueur avait l'odeur des prés, de la paille, de la neige.

Cyril, épuisé par sa trop longue veille, vint serrer sans plaisir la main de Joron.

— Vous êtes revenu, dit-il en guise de bonjour.

Joron hocha la tête.

— Oui, je suis revenu.

Cyril ne proposait pas d'entrer. Le vent, fou de rage, balayait le plateau du Peyrou.

— Bien sûr. Vous n'aviez pas tout à fait tort, Montignac. Si on réfléchit bien, avec le maïs et l'orge… Et puis, vous savez, j'ai pris un conseil…

Cyril n'écoutait que le vent. Il regardait, un peu au-dessus de la tête de Joron, le vieux chêne calciné.

— … les pêches aussi, les noix… sans parler de la maison qui est d'époque, on me l'a certifié…

Totoche, assis près de la jeep, suivait le regard de son maître.

— … et la vigne bien entendu, sans compter qu'on peut faire les canards pour les foies, et un peu de mouton sur ce qui n'est pas très riche… Remarquez, il faut quatre hommes à l'année, au moins…

Cyril, découragé, sentait enfin le sommeil l'envahir.

— … et que, même en comptant les travaux… d'ailleurs, il sera possible de morceler plus tard, on s'y retrouvera toujours…

Cyril baissa les yeux sur Joron.

— Dieu ! soupira-t-il, vous êtes tout sauf un homme d'affaires…

L'autre ne comprit pas. Il fit une pause puis reprit :

— Alors voilà, c'est convenu ? Cent vingt. Quand ?

Cyril, malgré le vent, réussit à allumer une Gitane. Il chercha un instant à trouver un peu d'humanité en Joron.

— Quand vous voudrez…

— Bien, disons… trois semaines ?

— Un mois, murmura Cyril en dernière exigence.

« Je ne savais pas qu'on pouvait se détruire à ce point… »

Joron parlait toujours, expliquait, décidait. En fait, il avait acheté le Peyrou dès qu'il l'avait vu. Il s'y était senti chez lui tout de suite.

Cyril s'était à moitié détourné. Il ne voulait plus rien entendre. Il voulait qu'on le laisse seul. Il voulait comprendre.

Joron, exaspéré, s'en retournait vers sa camionnette.

— À mardi alors ? Chez votre notaire ?

Cyril acquiesça de loin, sans sourire. Il regarda partir Joron puis regagna le château avec son chien.

*

Me Chassloux, notaire.

Une plaque de cuivre sur une porte en bois. Derrière la porte, trois hommes. Le Peyrou change de propriétaire.

Me Chassloux, derrière ses lunettes, observe Cyril. Il a tout suivi depuis cinq ans. L'écroulement, la ruine. Et le long sursis. Il sait mieux que quiconque pourquoi Cyril vend. Le dossier Montignac est ouvert sur son bureau. Un dossier lourd.

Ce jour lointain où Me Chassloux, jeune homme, reçut dans son étude toute neuve un de ses premiers clients : Raoul Montignac vieillissant. Et depuis… Malgré les conseils, François et Adeline ne firent que des bêtises, sans parler du petit ! Enfin… Le petit… Cyril a trente ans. Il se tient bien droit sur le fauteuil rustique. Ses yeux bleu nuit étonnent une fois encore le vieux notaire. Voyons, maître, un peu de courage ! Joron a tout accepté. Les mots, rares, tombent dans la pièce sombre, sans écho. Hypothèque, signature, achat, vente…

— Maître…

Chassloux, qui rêvait au Peyrou, lève les yeux.

— Vous oubliez les prés du bas qui sont en location…

Cyril a parlé avec beaucoup de calme. Le notaire hoche la tête.

— Oui, oui…

Joron se tait. Il triomphera plus tard. Mais ici il se sent un peu coupable et il ne sait vraiment pas de quoi.

Chassloux le regarde.

« Vous lui brisez sa vie à ce petit avec tout cet argent… »

Cela est bien difficile. Cyril reste digne dans son rôle de condamné. Une vieille horloge égrène le temps. Tout le temps qui a passé depuis Gilbert. Dans un beau village de France, une affaire de plus se conclut.

*

Sarah ressert du lièvre à Cyril.

— J'avais faim… murmure-t-il comme en excuse.

— Tant mieux ! C'est long à préparer. Je suis contente que tu manges comme ça.

— Tu as pu trouver tout ce dont tu avais besoin ?

— Mais oui ! Cette cuisine était très bien équipée. Je suis surprise d'ailleurs. Du riz ?

— Non, merci. Tu es gentille.

Ce matin, en rentrant de chez le notaire, il l'a trouvée installée dans la sallette, active, charmante, inattendue.

— Il est parti pour longtemps, ton mari ?

— Trois jours.

Ils mangent en silence.

— C'est fameux.

— Merci.

Il repousse son assiette, boit un peu de vin, repose son verre avec lenteur.

— C'est du Reutenauer ? demande-t-il.

— Oui. Je crois que c'est le meilleur cahors, non ?

Il sourit amèrement.

— Maintenant oui. Peut-être. Je ne sais plus.

Elle veut se lever pour desservir mais il la retient d'un geste.

— Attends. Nous avons tout le temps. Si j'avais su que tu étais là. Je serais rentré plus vite. Je discutais à Saint-Cirq…

Et, comme il n'achève pas, elle demande :

— De quoi ?

Il bâille.

— De pas grand-chose. Et je n'ai même pas pu voir Lucien, tu sais, le maire…

— Oui, il est très sympathique. Je suis contente que tu aies des amis.

— Amis ? Oh ! Lucien c'est autre chose. Un peu comme mon père tu vois. En mieux.

Elle sourit, il lui sert à boire.

— J'aime ta maison, avoue-t-elle à mi-voix.

— Tu as tort. Le Peyrou, c'est une passion coûteuse.

— Mais c'est tellement beau !

— Oui… Les pierres sont belles…

Elle est très étonnée qu'il soit de bonne humeur, détendu, un peu abandonné.

— Il y a longtemps que je n'avais pas déjeuné chez moi. Je veux dire vraiment déjeuné, tu comprends ?

Elle dit que oui, penche un peu la tête, gênée, presque heureuse.

— Le Peyrou c'est un peu comme un royaume délaissé, n'est-ce pas, Sarah ? Viens près de moi… Une seconde…

Elle se lève, contourne la table et s'assied près de lui sur le banc.

— Il ne faut pas avoir pitié de moi. Ça ne nous sert à rien. C'est trop tard, tu comprends ? Pour tout. J'aurais bien aimé peut-être… Mais, de toute façon, avec toi je n'étais pas à la hauteur…

Elle passe sa main sur la nuque de Cyril, emprisonne quelques cheveux blonds.

— Fais-nous du café et puis on ira se promener. J'ai beaucoup de choses à te montrer.

— À me montrer ?

Elle essaie de l'encourager à parler.

— Tu ne connais pas le Peyrou. Il n'y a pas que ça. La sallette, la cour intérieure, les murs…

Sarah, qui verse de l'eau bouillante sur le café et qui tourne le dos à Cyril, demande lentement d'une voix très douce :

— C'est quoi d'autre ?

Il rit, s'agite un peu, balaie un morceau de pain, se tourne vers Totoche, énervé :

— Des millions de choses. Cent vingt millions de choses… Enfin, des tas !

Sarah, en lui tendant sa tasse, lui dit en riant :

— Est-ce que vraiment tu es fou ?

Il boit une gorgée, grimace, parce que c'est chaud, puis regarde avec attention la femme qui lui fait face.

— Fou ? Oh, oui, peut-être… C'est-à-dire non. Pas exactement…

— Si, si, tu es fou ! Déjà, de me répondre !

— Oh, tu plaisantais ? Non, cesse de rire, deux minutes. Je suis sérieux. Je ne crois pas être très équilibré. Qu'en penses-tu ?

— Je voulais rire, dit-elle attristée.

Elle essaie de parler d'autre chose maintenant mais il l'arrête.

— Tu sais qu'il m'arrive de faire des choses extraordinaires ? Je veux dire anormales. Il y a des moments où je ne sais plus qui je suis ni où je suis. Et puis, parfois aussi, mon nom m'obsède, tous les souvenirs de ma famille, les images de la guerre bien sûr, le passé… Quelquefois, lorsque je chasse, ça me saoule comme de la vieille prune, je crois que j'aime tuer. C'est moche pour un vrai chasseur. L'odeur du sang est une sorte de vengeance. Tout cela est difficile. Le Peyrou, au moins, je peux te le montrer pour te faire comprendre. Mais moi… Il me semble que je me suis beaucoup raconté ces derniers temps et je n'ai rien expliqué. Penses-tu que je suis fou, dis, Sarah ? Il y a des fous tristes tu sais…

À nouveau elle quitte sa place pour venir s'asseoir près de lui.

— Non, je ne le crois pas, dit-elle à voix basse. Maladroit tout au plus et meurtri de solitude. Ne hausse pas les épaules ! Je ne parlais pas pour moi. Ni même pour le présent. Mais il y a eu toutes ces années avant. Et puis cette grande maison… Enfin, tu le sais mieux que moi. Il aurait fallu l'organiser. Je sais que tu as peur, pour un rien. Mais tu es gentil… Quoi ? Ce n'est pas péjoratif, attends… Je veux dire que tu es tendre au fond. Mais… avec une femme, par exemple, les hommes tendres doivent être habiles. Ou ce sont des brutes, ce à quoi tu essaies de ressembler. Pourtant regarde, Cyril, tu tentes de partager ton trésor, le faire découvrir à une étrangère. L'amour aussi c'est une question d'habitude, un entraînement. Il faut savoir.

— Arrête ! Tu parles trop. Vous parlez tous trop. Et moi aussi. Nous engloutissons tout. Nous tournons autour de nos petites personnes. Et encore, tu m'épargnes les détails de ta vie intime, le prix du poireau, la circulation à Cahors et les clientes de ton mari. Pourquoi toujours s'expliquer ? Je suis gagné par votre maladie. Non, Sarah. C'est du temps perdu. Irrémédiablement. Nul ne comprend qui que ce soit. Les choses à la rigueur… Mais les gens ! Les autres… Ce qui serait plus beau, ce serait d'avoir la force. Tu vois ?

— Quoi donc ?

— La force de se taire. De se séparer. De se recommencer. La force de supporter sa peur. Tu connais Lucien ? Eh bien, c'est le pire parce qu'il croit qu'il sait. Il n'est pas très éloigné de la vérité, remarque, mais il est persuadé qu'il la tient. Alors il juge, il conseille. Toi, c'est autre chose. Tu prêches les généralités pour voir réagir tes interlocuteurs. Pour avoir l'air d'établir le dialogue. Toi, tu sens. Mais tu ne devrais pas non plus parler.

Cyril reprend sa respiration et ajoute, très vite :

— Même pas pour me faire remarquer que je ne suis pas de taille avec toi…

Elle voudrait bien le suivre. Elle pense confusément qu'il doit avoir raison. Qu'il dit quelque chose de sensible. Elle ne veut pas l'interrompre. Et elle sait enfin qu'elle l'aime.

— Cyril… Excuse-moi. C'est un peu confus…

Il regarde par la fenêtre. Il fait beau dehors. La lumière éclate sur les champs morts.

— Oh, ce pays !... murmure-t-il, ce que j'ai dû l'aimer ! Parce qu'il est beau. Tu comprends ? Beau... N'aie pas peur. Je vais te montrer la misère du Causse, la lutte des paysans, les chèvres sous le soleil, qui ont mangé jusqu'à l'écorce des arbres. Et puis ça monte, ça redescend, aride, orgueilleux, avec des maisons aveugles et sourdes déposées çà et là mais pas au hasard. On dévale une combe ensoleillée et soudain le Lot est là, tranquille en apparence mais bouillant en dessous, éclaboussant ses berges de richesse, avec des cingles étranges... Lorsque je le regarde s'écouler avec son semblant d'indifférence je sens qu'il y a autre chose. À sa façon discrète et continue de lécher la muraille, en bas... Ah, si le Peyrou pouvait tomber dans son cours ! Doucement, pierre à pierre, et une ultime gerbe ! Ce serait beau aussi, non ?

Elle a compris soudain. Elle hoche la tête, grave.

— Oui, oui... Ce serait autre chose.

— L'autre dimension des rêves de cette terre ! Ensevelir ses seigneurs avant leur déchéance...

Il hausse les épaules, se secoue un peu.

— Tu vois, je déraille complètement...

Il rit doucement. Il a eu peur d'être rejoint dans ses ultimes frontières.

— Tu racontes bien, dit-elle alors.

Et il comprend, à cet instant, tout ce que la sensibilité d'une femme peut avoir de réconfortant.

Il baisse la tête et se décide pour une toute dernière sincérité.

— C'est la première fois que j'exprime quelque chose qui m'appartient.

Il lui sourit, tendre.

— Tu n'avais qu'à pas me demander si j'étais fou. Ta petite question drôle était très périlleuse. Si, si… Et puis tant pis, écoute encore.

— Oh, oui !

Il lui prend la main.

— Comment t'expliquer ? Toi, tu fais partie intégrante de ton époque. Tu aimes son reflet, les voitures comme ta Mercedes, les bijoux je suppose. D'ailleurs, elle est jolie, ta robe. Tout cela n'a aucune espèce d'importance. Et ça, tout le monde le sait. Le curé lui, il me fascine. Parce qu'il est heureux dans l'abnégation. Du moins le paraît-il et ça rassure. Non ? Moi, je suis attaché à une autre forme de facilité. À travers mes cauchemars, je me suis construit un rôle. J'ai voulu être l'éternel fuyard et j'ai cru que je pourrais tout ignorer, jusqu'à ma propre souffrance… Et, surtout, j'avais imaginé que l'on peut décider…

Il parle si lentement, avec un tremblement au coin des lèvres, qu'elle a presque envie de l'interrompre.

— Mais j'avais oublié deux choses. Mon amour de la terre et ma haine de la solitude. Ils peuvent tous me dire que je suis un raté, un lâche, qu'importe ? Le difficile, c'est que j'aimais ma terre dans son abandon. C'est-à-dire, laisse-moi achever, que je l'aurais moins aimée si elle avait été riche. Parce qu'elle n'est pas faite pour le travail, comme l'homme, pour le rapport. Elle est belle, libre. Une agonie libre. On ne me le pardonne pas. C'est normal, personne ne comprend la beauté de ces squelettes, de ces pierres en équilibre, de ce désordre.

Moi, c'est… Enfin c'était un incomparable royaume. À ne pas visiter surtout en tracteur. Mais l'abandon coûte encore plus cher que l'entretien et je n'ai pas eu les moyens d'offrir sa retraite au Peyrou.

D'un seul coup elle sait. Maintenant, et seulement maintenant, elle connaît Cyril.

— Oh, c'était donc ça ?…

— Oui. Ni paresse, ni lâcheté, ni orgueil. Tout ce que je fais contre le Peyrou, je l'ai fait par amour pour lui. Alors, forcément, il y a incompatibilité, n'est-ce pas ?

Il se lève, il n'en peut plus. Cette matinée avec Sarah, la nuit avec Lucien, la menace de Joron, il a trop parlé. Cette fois il n'a plus rien à dire. Il est vidé, calme, apaisé.

— Viens, dit-il doucement, et ils sortent du Peyrou en se tenant par la main, gravement.

*

Il faisait beau. Beau comme quand tout est tranquille. Quand tout se voit. Que tout se sait, sans mystère, sans haine, théoriquement. Cyril regardait partir Sarah. Marche arrière, un geste de la main simple et tendre.

« Qu'est-ce qui se passe ? »

Une question aussi simple, aussi tendre. Comme les gestes et le temps. Debout les morts ! Au revoir, Sarah… Cyril secouait la tête en riant. Non, ce serait trop bête… La visite du Peyrou, tout à l'heure, c'était irréel. Simplicité, tendresse, les deux étendards de la journée qui claquaient comme des bannières au vent : un vent impitoyable qui n'épargnerait personne.

La voiture disparaissait au bout de l'allée. Cyril, toujours immobile, ne regardait plus. Il s'interrogeait pour de bon.

« Oh, non ! Lucien a toujours raison sans savoir et c'est injuste… »

Doucement, Cyril glissait vers sa vérité. Il avait trouvé agréable de rentrer dans un Peyrou habité. De sentir l'odeur du lapin qui cuisait. De voir une femme qui emplissait l'espace mort de la sallette.

« Je l'ai toujours brutalisée pour ne pas me laisser aller à ce que j'aurais pu avoir envie de faire et de dire. Mais je n'ai pas réussi à lui faire croire que j'étais un bon amant… »

Cyril tressaillit.

« De quel droit aurais-je changé le cours de nos existences ou même l'ordre de ses pensées ? De quel droit aurais-je rompu avec mes propres traditions ? Je ne peux pas m'improviser metteur en scène… »

Il y avait longtemps que la voiture de Sarah avait disparu. Cyril restait statique.

« Je ne vaux vraiment pas grand-chose. Je voulais faire plaisir à Sarah tout à l'heure. C'était en cadeau. Je voulais lui montrer tout ce que j'aime sur mes terres. Car même ce déchirement, ce délabrement, ces blessures ont un charme, une noblesse… »

Et pourtant ils n'avaient guère parcouru de chemin. Presque tout de suite, Cyril eut envie d'elle. Il la regardait marcher, maladroite au milieu des pierres, et un désir fou le submergeait, le grisait parce qu'il en retardait l'assouvissement. « Sarah… » avait-il seulement murmuré, à peine le pré perdu dépassé. Elle s'était retournée, un peu déçue, un peu craintive. Il l'avait poussée, comme il aurait bousculé Alrick. Elle ne se débattait pas, bien sûr. Elle avait aussi ses envies, ses désirs de femme. Mais elle avait dû rêver d'autre chose. À moins que cela ne l'amuse, simplement. Un homme rapide et silencieux qui vous fait mal l'amour au milieu d'un champ... Après vous avoir raconté n'importe quoi...

Non. Il savait que non. Sarah ne mentait pas. Depuis combien de temps la connaissait-il ? Cyril n'osait pas bouger. Il avait froid mais il redoutait la solitude au-delà des grilles.

— Sarah, je... commença-t-il à haute voix.

Totoche leva la tête, un peu surpris. Cyril poussa un caillou, du bout du pied.

Rien. Ou alors moins. Ou au pire l'ennui. Exaltation de ce désespoir translucide. Si bien que tout serait synonyme d'inconnu. Et un sourire fixe qui s'imprimait en horizon. Le masque d'un visage. Le reflet à peine usé d'un passé à peine tiède. L'empreinte indéchiffrable.

Les blés couchés d'un champ voisin et un rayon oblique du soleil complice pour caresser une peau claire.

« Je t'aime ! »

Le croire, ne serait-ce qu'un instant, pour y croire. Au reste. À l'existence. À la continuité des impressions qui font l'ensemble de nos journées. Cyril se retourna furtivement. La grille, la vision en noir et blanc d'un Peyrou à l'imparfait du passé simple. Au plus-que-parfait du conditionnel. Sarah riant au milieu de la cour pavée. Sarah entourée d'enfants bruns aux yeux de nuit. Et Totoche, en sage, vieillissant au soleil. Et toutes les récoltes engrangées et Cyril, sifflant, les mains dans les poches de velours, arpentant un domaine riche et prospère. Mais face au futur irréalisable, Cyril repense à ce champ où il a pris une femme pour un simple besoin, triste et sale. Et les yeux de Sarah, tournés vers le ciel bleu-blanc, heureuse peut-être mais au bord du dégoût, ne serrant l'homme que pour ne pas le repousser. S'accrochant au pire de la vie pour mieux l'accepter. Et Cyril, sans raison, a envie de voir Sarah encore. Mais autrement. Heureuse… Le respect, l'estime… Une ou deux raisons pour se justifier. Il tremble.

« Je te demande pardon… »

Et puis, submergé par ses désirs et ses malaises, ses névroses, ses vices et son plein temps d'humain, Cyril se détourne de la grille et vomit.

*

Montignac recula un peu, étonné. Les paysans, hostiles, s'étaient regroupés. Cyril était arrivé près de la mairie sans faire attention à ces quelques silhouettes sous le porche, tout à son envie de voir Lucien et de lui parler. À son approche, les hommes s'étaient adossés à la porte, menaçants. Cyril les dévisagea l'un après l'autre. Il fit quelques pas mais ils ne s'écartaient pas.

— Il est pas là, le maire, grogna l'un d'eux. Et on l'attend.

Cyril ne répondit pas immédiatement. Il alluma une cigarette, leva les yeux, insolent, vers la colline de la Peyre, sourit de loin à sa maison puis, se retournant brusquement :

— Poussez-vous, murmura-t-il.

Il n'avait pas élevé la voix. Il y eut un flottement dans le groupe.

— Écoutez, Montignac, commença quelqu'un. On en a assez.

— De quoi ? demanda sèchement Cyril.

— De vous. Vous avez réveillé tout le monde l'autre nuit. Même qu'on voulait que Maroux appelle la police. Mais, bien sûr, il a préféré monter vous voir…

Un mouvement du menton, méprisant.

— Vous pouvez pas chasser le jour ? essaya plus gentiment un autre.

Mais le plus âgé reprit la parole :

— Déjà qu'à longueur d'année on supporte de traverser vos friches ! Si c'est pas malheureux tout de même cette terre qui crève !

— Ce serait mieux pour tout le monde si les terres étaient riches, bien cultivées.

— Et l'eau alors ? C'est vous qui canalisez tout. À quoi ça vous sert puisque vous exploitez pas ?

— Et vot' cheval ? Pourrait pas se tenir tranquille, non ? Quand il sort de chez vous il doit avoir faim, le pauvre, parce que qu'est-ce qu'il dévaste !

Le ton montait.

— Vous croyez qu'on travaille nos champs pour qu'il puisse s'ébattre ?

— Et le chien ? Vous avez jamais proposé de me les payer mes poules qu'il a saignées !

— On en a assez, vous comprenez ? Faudra que Lucien y fasse quelque chose cette fois parce que lui aussi ça va plus.

— On a besoin de vivre, nous, et de dormir. On travaille. On se repose pas sur un tas de boue !

— Ça va changer tout ce bordel, hein ?

Cyril eut le tort de reculer un peu. Partagé entre sa surprise et le comique de la situation. Les autres avancèrent.

— Vous êtes fous ce matin ? Vous n'êtes pas dessaoulés depuis la Saint-Sylvestre ? Chacun ses droits.

Exaspérés, les autres se regardaient, furieux mais indécis.

— Qu'est-ce que vous croyez ? Que je vais vous faire cadeau du Peyrou ? Que vous allez me le louer dix francs l'hectare à l'année avec bail ? Que Lucien va me chasser du village ? Que je vais mettre un silencieux à mon fusil pour abattre mon chien ?

— Ça suffit comme ça, hein ? Montignac… Vous nous avez toujours méprisés parce qu'on a pas deux cents hectares, parce qu'on travaille dur. Même le vieux Raoul était plus gentil. Vous, c'est que du mauvais, du vent. Et puis, Maroux vient toujours vous défendre ! S'il veut sauter, ça le regarde !

— Y a plus beaucoup de raisons d'être fier du Peyrou ! Rabattez un peu.

Cyril, blême, et gagné par la colère, jeta entre ses dents :

— Allez-vous-en ! Rentrez chez vous ! Il gèle. Pensez à vos terres. Vos bouts de champ avec du mauvais blé et du maïs pour les cochons, vos vignes de vin ordinaire ! Allez vous plaindre à vos femmes. Ça les fera bavarder un peu plus. Allez cuver ailleurs, la mairie n'est pas un champ de bataille !

Un jeune paysan qui n'avait rien dit jusque-là et qui restait dans l'ombre du plus vieux se détacha soudain du groupe.

— Nous ne partirons pas. On attend Maroux de pied ferme. Mais toi, va-t'en vite, ça pourrait mal finir.

— Jeune coq, répliqua Cyril ivre de rage. Qu'est-ce que tu as ? Tu es jaloux ? Quand tu sautes les filles, elles te parlent de moi ? Tu te vois déjà au Peyrou ? Tu ne sais même pas conduire le tracteur ! Tu imagines qu'il va faire quoi, le maire ? Courber l'échine et capituler ? Signer mon acte d'extradition de la commune ? Imbécile !

Le jeune homme bondit vers Cyril qui trébucha en reculant. Il y eut une lutte brève. Le paysan se redressa. Cyril était allongé sur les pierres inégales de la place. Il se releva lentement et fit face. Ses yeux étincelaient tellement que l'autre esquissa deux pas en arrière. L'excitation qui avait envahi tous les hommes à la vue de la bagarre tomba d'un coup. Cyril ne bougeait pas. Sali, droit, il regardait fixement son adversaire. En fait il cherchait à avaler sa salive, sa tempe lui faisait mal. Il ne savait pas très bien ce qui se passait autour de lui. Une monstrueuse colère le submergeait. On venait de le corriger sur la place du village. Et ces brutes, qui lui avaient parlé comme à un propriétaire responsable, expliqueraient l'incident à Lucien comme une querelle de jeunes. D'innombrables idées affluaient à son esprit. Il eut successivement la vision d'un fusil, d'une église en flammes, de sa mère, du Peyrou de son enfance, d'Alrick dans une écurie embrasée, du Lot au crépuscule.

Le vent s'était levé et balayait Saint-Cirq. Une lumière s'alluma quelque part. Le groupe de paysans restait face à Cyril. Il devait y avoir des femmes derrière les rideaux. Le jeune baissa enfin les yeux et fit encore un pas en arrière. Cyril tendit la main vers lui, doucement, la lui posa sur l'épaule pour arrêter son mouvement de fuite.

— Regarde-moi.

L'ordre avait claqué sec. Le jour baissait.

— Tout de même, murmura enfin un paysan, le gosse y a été fort…

Les autres approuvaient en silence. Prêts à désavouer ce qu'ils avaient failli faire. Les ombres de Gilbert et de Raoul jouaient avec le vent sous le porche de la mairie. La légende des implacables Montignac, leur ancienne puissance, le Peyrou menaçant sur sa colline…

Les deux jeunes gens continuaient de se regarder en silence.

— Ne te promène jamais seul, dit enfin Cyril avec peine, d'une voix hachée. Je te foutrais un coup de fusil.

Il le repoussa brutalement et repartit à grandes enjambées.

*

Cyril court seul vers le pré perdu.

« Il m'a frappé ! Ils ont osé… »

Totoche, enfermé dans la maison, est dressé tout droit et gratte la fenêtre. La silhouette de Cyril danse sur les revers des collines.

« Ils n'ont pas le droit ! Et ce chien qui n'était pas là pour me défendre ! »

Cyril lutte contre un vent violent qui le gêne dans sa course. La nuit vient doucement.

— Je le tuerai !

Cyril s'arrête pour souffler. Il arrache rageusement une branche qui l'a griffé.

« Ils me détestent bien sûr… Mais je ferais pire encore si je n'étais pas déjà à moitié parti ! »

Il repart comme un fou vers Berganty.

« Il faut que je me venge, ça m'est égal. »

Il s'est dirigé sans même s'en rendre compte vers la route. Cyril saute une clôture, s'engage dans les sillons d'un champ.

« Je le tuerai ! »

Mais il prend douloureusement conscience de son impuissance. Sa lâcheté de tout à l'heure l'obsède. Sa petite phrase qu'il voulut théâtrale ne remplacera jamais dans l'esprit des paysans le coup de poing qui aurait dû lui suppléer. Ce sont des menaces de pauvre. Cyril, à bout de souffle, se remet à marcher, en plein milieu de la route.

« Je les méprise… »

Belle consolation ! La nuit est tombée tout à fait. Cyril sonne chez Lucien, attend. La maison est silencieuse. Cyril repart vers le Peyrou. Fatigué, il avance à pas lents. Sa tempe lui fait mal, il pense à Totoche qui doit guetter. Du bout du pied il chasse les cailloux.

« Oh, tout ça ne sert à rien… »

Les souvenirs giflent Cyril à la volée. Pas un acte de courage qui lui serve de bouée. Pas un moment du passé qui soit héroïque. Une rage de petit garçon, encore, pour une chute pas volée.

« Eh quoi ? Tu vas l'attendre au détour d'un chemin et lui envoyer une charge de "16" dans le dos ? »

Cyril hausse les épaules, furieux.

« Pourquoi discuter avec eux ? Ils ne comprennent rien. D'ailleurs, ça ne les regarde pas ! Les abandonner à leurs protestations, à leurs querelles… »

Cyril, épuisé, parvient enfin aux abords du Peyrou. L'allée encore, et retrouver la maison froide où le chien gémit. Cyril hésite un peu. Il pénètre gravement dans la sallette. Il reçoit Totoche contre lui. Il se baisse, le regarde attentivement et secoue la tête.

— Il est pas glorieux ton patron aujourd'hui, fils…

Totoche remonte un peu ses oreilles, incrédule.

— C'est-à-dire, explique Cyril qui ne veut pas démoraliser le chien, ils étaient très nombreux…

Mais une lueur inquiétante traverse la sallette, un moteur ronfle au-delà des grilles et Cyril, se relevant, aperçoit une voiture. Lorsque les phares s'éteignent et, grâce à la nuit claire, Cyril devine les contours d'une 2 CV qu'il reconnaît aussitôt : celle de Joron.

*

— Légalement, bien sûr, tu as le droit. Tu es encore chez toi. Mais tout de même… La plus élémentaire politesse…

— Oh, ça va ! Du moment que je ne suis pas une fois de plus dans mon tort, c'est suffisant.

Comme presque chaque jour désormais, Cyril et Lucien s'étaient retrouvés face à face dans la sallette, graves, confiants. Chacun à un bout du long banc, ils parlaient sans se regarder, absorbés par leurs verres emplis d'armagnac.

— On boit beaucoup, dit Lucien, catégorique.

Cyril surpris par ce changement brusque de conversation regarda la bouteille largement entamée.

— Oh, murmura-t-il résigné, on boit quoi ! Non, mais pour en revenir à Joron, quel toupet… Venir chez moi à 8 heures du soir sous prétexte de faire visiter à quelques parents et amis ! Tu aurais vu cette tribu ! Ils étaient au moins six dans la 2 CV !

Lucien riait.

— Oui, j'imagine très bien comment tu as pu les recevoir…

— Quel culot tout de même ! Comme en plus, je revenais d'une longue balade à pied, exténué, que j'étais dans une rage noire après tes paysans et en particulier l'Albert, le jeune, je t'assure que ce pauvre Joron n'a pas mis trente secondes à repartir avec sa smala.

— Justement, je voulais te parler de cette histoire d'hier avec les paysans sur la place…

Les traits de Cyril se durcirent brusquement. À une crispation des mâchoires, au creux des joues, Lucien sentit venir la colère.

— Non, disait Cyril, n'en parlons surtout pas. À quoi bon ? Je pars bientôt. Joron a très bien su me le rappeler. Vois-tu, Lucien, si ma maison n'avait pas été vendue, je me serais sûrement vengé, mais maintenant pourquoi ? Ils ont gagné. Ils ont raison. Je m'en vais. Eux aussi auraient pu avoir la décence d'attendre, non ? Tout le monde sait que je quitte la région. Pourquoi cette haine, dis ?

Le maire ne répondit pas tout de suite. Il se leva pesamment et vint se chauffer près de la cheminée. La matinée était froide. Lucien ne voulait pas dire à Cyril que, tout à l'heure, interpellé dans les rues de Saint-Cirq, il avait eu beaucoup de mal à calmer les esprits. Seul le vieux Mathieu avait paru gêné du geste impulsif de son fils Albert et il se montrait sincèrement désolé que l'altercation de la veille ait dégénéré. Mais les autres, et les vieilles femmes en particulier, avaient lancé leurs imprécations et leurs anathèmes sur le Peyrou avec tant de force que Lucien avait battu en retraite vers la mairie un peu lâchement.

Cyril l'observait du coin de l'œil. Il remarquait, pour la première fois, toutes ces rides qui creusaient le beau visage de Lucien. Les cheveux tout blancs, abondants, la dignité, la sérénité qui se dégageaient de lui. Quel autre qualificatif que celui de l'amitié donner à leurs relations ? Depuis la mise en vente du Peyrou, Lucien montait de plus en plus souvent.

— Tu ne réponds rien ?

Lucien tourna un regard étonné vers Cyril. La chaleur du feu lui avait donné des couleurs.

— Ah, oui !… Non, excuse-moi, je pensais à autre chose…

— À quoi ? À la saison touristique ? À la vente des cartes postales ? À la protection de ton historique patelin ? Au conseil d'administration ? Au contrat social ? À la mort du héros ?

Totoche se leva, s'étira, fit quelques pas et vint se coucher devant la cheminée auprès de Lucien.

— Tiens, même lui qui te donne raison, murmura Cyril ironiquement.

— Je me demandais, commença Lucien, ce que tu allais devenir ? Et je songeais que, peut-être, nous ne nous verrons plus…

— Toi et tes jérémiades ! voulut ricaner Cyril, mais il s'arrêta net, envahi par une émotion intense.

— Je crois que…

Mais décidément il ne pouvait rien dire de plus. Lucien, en passant près de lui pour aller se rasseoir, lui frôla l'épaule de sa main.

— Tu es jeune… Tu oublieras. La bourrade de l'Albert et les pigeonniers du Peyrou, les exigences de Claire et les visites de Sarah ; tu verras que ça ne comptera plus autant. On espère toujours en l'avenir pour se fabriquer de jolis souvenirs. Un ou deux moments d'héroïsme, un peu de poésie, quelques couleurs, un visage dans un cadre, des ancêtres, ça aide à vieillir.

— Et toi ? Il y a ta décoration de guerre, bien sûr, et peut-être le portrait de ma mère sur ta table de nuit, tes aspirations de député, qui sait ? Les petits orgueils, les désillusions, l'amertume de la vieillesse, tu crois que ça m'encourage ? Je t'assure que je pensais ça plus noble de vivre, plus grand, enfin… Comme tout est réduit ici… Et pourtant tout se détache, prend du relief, une importance dérisoire… Où existent la paix, la plénitude ? Tout n'est que vanité…

— Puisque tu t'en vas, dit Lucien avec effort, pourquoi n'essaierais-tu pas la ville ?

— Cahors ?

— Non, Toulouse ou même Paris ! Tu pourrais découvrir autre chose. Qui sait si tes vraies mesures ne sont pas là-bas ?

Cyril se levait en grondant. Une mèche lui barrait le front.

— Jamais ! Je ne suis pas de ce siècle, pas de ce temps, même plus encore assez jeune ! Non, vois-tu, Lucien, à Saint-Cirq il y a déjà trop de gens. Alors Paris ! Vous vous gargarisez rien qu'à prononcer son nom ! Qu'espérez-vous de cette chimère ? Ici, tout se voit trop et, là-bas, on ne voit plus rien. Et puis je ne veux pas. Je ne connais pas. Je renonce d'avance.

Cyril arpentait la pièce, verre à la main. Il jeta un coup d'œil à l'étroite fenêtre. Le vent, au-dehors, balayait tout. Il vit passer Alrick qui galopait vers le pré perdu.

— Tiens ! Il a encore ouvert sa porte… Oui, je le néglige un peu depuis quelque temps…

Il resta songeur un instant puis se retourna rageusement.

— C'est ta faute ! Celle des autres aussi. Vous m'obligez à prendre conscience de quelque chose. Quoi ? Je ne comprends pas vos discours. Je n'ai rien fait de mal. Oh, pourquoi cet éternel besoin de se justifier ?

Cyril s'assit par terre d'un air extrêmement las.

— Vous m'avez tout embrouillé. La vente d'une maison, pourtant, c'est simple, courant, pourquoi dramatiser ?

— Oh, c'est trop fort ! hurla Lucien en abattant son poing sur la table. Est-ce que tu as vu la tête d'enterrement que tu promènes partout ? Et tes absurdes façons d'agir ! Tu fous la révolution et puis tu nous regardes en demandant pourquoi on s'occupe de toi ? Mais tu ennuies tout le monde, mon petit garçon ! Nous aussi, nous aspirons à la paix, et nous l'aurions trouvée ici sans toi. Tu n'avais qu'à ne pas tenir tout le monde au courant de tes projets et de tes états d'âme !

Cyril restait suffoqué par la réaction de Lucien.

— Nous… Tu es des leurs ? Tu t'associes à eux ?

— Je ne me dissocie pas, répondit l'autre en baissant la tête. Oui, je suis d'ici pour toujours. Ce qu'il y a de solide en moi, ce sont ces racines profondes qui me rattachent à la terre… Toi, tu n'es de nulle part au fond. Tu me mets hors de moi avec ta manière vague de parler. Tu te donnes toujours raison sur le dos des autres. C'est ta mère ou la guerre ou le gel ou l'âge des pierres, ou le poids de ton nom ou ta prétendue démence mais tu n'es jamais en cause. Dramatiser ? C'est toi qui transformes tout avec l'amour du tragique. Ça te réconforte d'être au moins tragique… Mais non, petit, pitoyable tout au plus. Antipathique pour certains et indifférent aux autres. Bien sûr tu as touché leur curiosité, bien sûr tu aurais pu passer pour un héros…

Cyril secoua la tête en signe de découragement.

— Tu les as vus aujourd'hui, tes administrés ? Ils t'ont parlé de moi ?

— Oui.

— Alors ?

— Alors rien. Je leur ai rappelé que tu partais et que Joron ne serait peut-être pas plus coopératif. Et puis je leur ai dit aussi que je n'y pouvais rien. Tu es le patron pour l'instant… Ça ne relève pas de mes fonctions. J'ai été un peu en dessous de tout.

Cyril releva sa mèche, très embêté.

— Oh, je suis désolé, Lucien, je ne voudrais pas que tout cela te fasse du tort.

— C'est fait depuis longtemps, mon pauvre petit ! Je ne serai pas réélu à moins d'un miracle. Tu imagines bien qu'on ne me pardonnera jamais d'avoir été ton ami…

— Ah… Je t'enlève donc ça aussi… murmura l'autre.

Ils se turent.

— Ne pourrait-on pas ?… essaya enfin Cyril.

— Non. On ne peut plus rien. Il y a six mois, il y avait peut-être une solution à trouver pour toi et pour moi, mais vraiment, maintenant, c'est trop tard.

Cyril se sentit oppressé. Son regard erra sur les dalles inégales de la sallette. La voix de Lucien lui parut lointaine.

— Ne t'en fais donc pas…

Le vent cernait le Peyrou, cherchait à entrer. Totoche s'approcha encore de la cheminée où quelques braises seulement dispensaient un peu de chaleur.

« Peyrou suprême et infaillible…

Je t'ai confondu dans mes rêves… Nous nous séparerons hostiles et accablés… »

6

Les Montignac

J'aime la majesté des souffrances humaines,
vous ne recevrez pas un mot d'amour de moi.

Alfred de Vigny.

Joron aura le Peyrou. Il a payé pour ça. Cyril n'a plus le choix. Avoir dit oui, avoir supposé même que cela fût possible : c'est déjà avoir perdu sa liberté et son domaine. Adieu Peyrou des vignes mortes, adieu solitude des rêves et rêves d'agonie. Un mois encore et, pourtant, il faut envisager l'exode des meubles. Jeter, brûler sur la pelouse, trier les vieux vêtements d'Adeline, les albums de photos, les marmites en fonte, les cartons à chapeaux du dimanche, les affreux tableaux que Gilbert prenait pour des œuvres d'art, les bas de laine et les sabots, trois générations en caisse…

Raoul, gâteux, qui, voulant attraper la bouteille d'Évian, tombait de son lit dans la ruelle, y restait coincé et criait : « À l'assassin ! »

Adeline qui montait en courant pour le calmer, Cyril qui guettait les bruits de cet enfer de fantasmes. Gilbert, qu'on respectait sans l'avoir connu, son portrait cité en exemple, son courage de l'au-delà…

Totoche qui volait du pain pour nourrir sa croissance, Adeline qui secouait la tête en refusant l'avenir, l'installation de l'eau si longtemps différée puis arrivée enfin comme le Messie, les poteaux télégraphiques rejetés comme les mauvaises pensées, la robe du curé soulevée par le vent, un lapin prisonnier d'un collet, une odeur de soupe chaude, une vie en lambeaux.

Les cloches de Saint-Cirq-Lapopie pour rythmer les années révolues, une succession de saisons, la vision d'un chapelet qui tournait lentement entre les doigts d'Adeline lorsqu'elle veillait Raoul.

L'agonie de son beau-père qui trouvait longue sa mort à venir et qui tournait son regard vers la fenêtre pour tenter d'apercevoir une dernière fois un morceau de pré, l'ombre d'une vigne… Puis qui secouait la tête, les dents serrées, et voyait comme un cauchemar le Peyrou aux mains d'Adeline… Raoul qui, de son lit de moribond, jaugeait le petit Cyril.

L'enfant brun au pied du lit de son grand-père, effrayé du teint verdâtre du malade, ne comprenait pas les phrases que Raoul laissait échapper mais sentait déjà le drame imminent. Le gamin qui fuyait cette chambre et ses odeurs de verveine, d'eau de Cologne et de vieillard.

Les vignes traversées sans les voir, sans respect du raisin. Un jour où la vallée de la Peyre semblait mourir de ses brûlures au pied du Peyrou.

Adeline, toujours levée à l'aube, qui regardait partir Cyril sans dire un mot pour le retenir et le garder auprès d'elle.

Les livres de comptes empilés sur la table du salon. François, maigre et fébrile, qui errait d'une pièce à l'autre en geignant. Et puis, sa mort qui ne surprit personne. Dix ans plus tard, Raoul s'éteignait à son tour.

Adeline, sur le chemin, valise à la main. Elle qui n'avait jamais vraiment quitté le Peyrou.

Cyril seul désormais. À nouveau l'enfant brun qui écoutait, blotti sous l'édredon, les bruits de la maison. Raoul toussait, François disait quelque chose à sa femme. Le sommeil venait ensuite, peuplé des mêmes cauchemars... La main d'Adeline sur le front de son fils pour le rassurer. Des berceuses, pour ne pas réveiller Raoul, à peine fredonnées.

Caché dans la bibliothèque, Cyril se penchait sur de vieux livres. Terrifiantes légendes... La *Chanson de Roland*... Le pont Valentré et sa pierre du Diable... La grotte de Pech-Merle... Le château du Peyrou si parfaitement d'accord avec les caprices du rocher depuis sept siècles... Les toits de lauzes qui se reflètent dans le Lot... Les champs et les prairies coupés de rideaux de peupliers... Le tabac du Causse... Le maïs cultivé en hauteur... Les omelettes aux truffes... Les confits d'oies...

Du roc un peu partout, abrupt et malhabile : Mercuès, Bonaguil et Cénevières.

Montignac ! Montignac ! L'écho sec de ce nom au détour des chemins, une notion de respect dans la voix des paysans...

Le premier lapin abattu, une impression de délire, de puissance, un désir de tuer à nouveau, l'estime du fusil qu'on tient. Les attentes interminables au sommet des collines, au détour des chemins, au creux des buissons.

Une certaine façon de marcher, à longues enjambées, les kilomètres délaissés derrière soi.

Un Cyril dont personne ne connaissait les rêves et les ambitions.

Un soir de novembre où Adeline avait fait un gâteau aux noix, une dispute éclate. Cyril avait quinze ans. Son grand-père en portait soixante de plus avec découragement. Adeline avait fui dans sa chambre, laissant face à face le vieil homme et l'adolescent. Raoul avait frappé Cyril. Erreur qu'il devait subir longtemps. C'était une stupide querelle. Qu'importait à Cyril de ressembler plus à François qu'à Gilbert ?

Le jeune homme, pleurant de rage dans la cuisine, devant son grand-père qui jurait. Puis, six mois de silence pendant lesquels Cyril avait fui le Peyrou comme on fuit la Vérité.

Cyril, descendant sur son vélo à Saint-Cirq, accablé par les remords. Marqué par son destin, il connut sa première femme cette nuit même où Raoul se mourait. Regagnant le Peyrou tard dans la soirée, prêt à affronter les remontrances de sa mère et de son grand-père, Cyril trouva déserte la sallette. Arrivant au premier étage, il vit brusquement Adeline qui lui désignait d'un geste grave Raoul inerte sur son lit.

Quelques mots d'Adeline pour compter les mois.

« Je n'ai jamais cueilli une fleur pour elle… »

Et les fleurs sauvages avaient envahi la terre du Peyrou.

Adeline qui suppliait Cyril de ne pas la laisser seule dans la demeure, et lui, impitoyable dans sa fuite. Des nuits de veille à Cahors, le *Melchior*, face à la gare, des filles trop maquillées, une en particulier qui l'avait traité de paysan.

Une sensibilité maladive, la peur du mot, un vieux, un très vieux songe qui s'étalait en flaque. Des milliers de souvenirs que Cyril n'avait pas comptabilisés à Joron.

Cyril peine sur un devoir de grammaire tandis qu'Adeline prépare la soupe de Raoul. La nuit est déjà tombée sur le Peyrou, une nuit de janvier 1949, froide et longue. On n'entend que le bruit du charbon qu'Adeline déverse dans la cuisinière. Parfois, la plume sergent-major crisse sur le cahier… Soudain, à peine plus haut que le murmure du vent, on perçoit :

— Quel malheur, maman, quel malheur…

Adeline s'est précipitée vers son fils.

— Voyons, mon enfant, qu'est-ce que c'est ?

Le petit a des larmes dans les yeux.

— Le feu à l'église… Oh, maman, le feu… Le feu à Oradour…

Elle serre Cyril contre elle.

— C'est fini ! C'est du passé… Le feu est éteint depuis longtemps.

Mais l'enfant répète, obstiné :

— Quel malheur, maman…

Le cauchemar prit fin à cet instant.

— Non ! hurla Cyril en s'éveillant.

Il s'assit sur son lit, jeta son bras autour de Totoche et essaya de se dominer.

— Non, murmura-t-il, je ne veux plus des Montignac ! Je les renie, je les laisse à leurs terres, à leurs vignes, je ne leur appartiens pas mais je les ai trahis en vendant le Peyrou. Quel cauchemar… On ne m'a jamais aimé, j'y avais droit ! Je n'étais pas plus méchant qu'un autre, j'étais différent, je n'étais pas des leurs, je me moque de leur destin posthume, je hais tout ce pays pour l'avoir trop aimé sans savoir comment faire. Je ne veux plus dormir pour ne plus rêver.

Cyril relâcha Totoche qui ne recula pourtant pas.

— Je t'ai façonné, lui dit Cyril, pour être certain d'être toujours entre amis. J'ai eu peur d'Alrick et il m'a laissé le dominer pour être certain d'être toujours le maître... Des victoires faciles, des combats sans vis-à-vis. Le curé de Saint-Cirq, Louis dans son café, Sarah à Cahors et la tombe de ma mère que je ne connais pas. Et puis, à Gramat où il est né, la tombe de Gilbert et celles de ses fils Raoul, Paul... François : un étranger dans la famille. Je veux être enterré près de ma mère à Grézels. J'aurais dû l'aimer... Car je vais mourir à mon tour. Ils y sont tous passés, Totoche. Le Peyrou porte malheur. Les cadavres m'encombrent. Mais je ne veux pas, tu m'entends, je ne veux pas mourir ici !

Ce n'était plus l'incendie d'Oradour qui tenait Cyril éveillé, mais la suppression délibérée du souvenir des Montignac.

Il sortit lentement de son lit, s'habilla sans hâte devant Totoche ébahi. Dans la cour, la jeep eut du mal à démarrer. Cyril connaissait peu la route de Grézels. Il mit deux heures pour couvrir les soixante-dix kilomètres qui l'en séparaient. Il conduisait lentement.

Cyril erra longtemps dans le village de Grézels. Il arrêta enfin sa jeep devant le cimetière qui était un peu à l'écart. Il escalada le mur en silence tandis que Totoche, contraint de rester dans la voiture, suivait ses mouvements d'un regard inquiet mais bienveillant.

La légende de la sorcière de Narbonne qui mangeait les cadavres déterrés pendant les sabbats et qui transforma son mari en chien.

« Tout était bien au pays de Jean le Sot, la fenaison s'annonçait bonne, mais le géant vint détruire ce paradis de paysan… »

Jean de l'Ours, Jean de Calais, la bête du Gévaudan et la montagne verte.

Cyril n'avait pas peur, pourtant un feu follet faillit lui faire rebrousser chemin. Mais sa lampe ne tremblait pas en éclairant les pierres tombales.

« … À notre Marie bien-aimée… À notre cher disparu, Edmond Rouvet, 1956-1963… Julien Soulard, mort pour la France… »

Des noms, des dates. Cyril parcourait les allées avec calme. Le faisceau lumineux et la haute silhouette s'immobilisèrent.

« Adeline Montignac, née Hontier, 1905-1969. »

Il ne s'agenouilla pas. Aucune expression particulière n'altérait ses traits. Il examinait seulement la tombe de sa mère. Le temps, arrêté un instant, bascula. Cyril tremblait de froid.

« Quel malheur, maman, quel malheur… »

*

Cyril reposa lentement la bouteille d'armagnac. Totoche écoutait, surpris. On osait tirer sur les terres du Peyrou ?

Cyril était rentré du cimetière à l'aube et n'avait pu trouver le sommeil. Sa nervosité, l'inquiétude, la fatigue qui le submergeaient, s'exaspéraient maintenant sur ces coups de fusil anonymes.

Il sortit précipitamment, descendit jusqu'au bois et s'immobilisa. Après cinq minutes d'attente, une autre détonation le fit sursauter. Il se mit à marcher entre les arbres et les ronces. Il paraissait soucieux, attentif à ne pas se laisser aller à la colère.

— Vous êtes chez moi !

L'homme, qui épaulait, se retourna.

— Bonjour… dit-il en baissant son fusil.

— Allez-vous-en ! jeta Cyril avec haine.

— Je ne savais pas. Il n'y a ni clôtures ni panneau.

Totoche, couché entre les deux hommes, soupirait.

— Vous avez beaucoup de gibier… Tenez, j'ai déjà eu deux lièvres !

L'homme extirpa les animaux de sa musette.

— Mais ils sont à vous, bien sûr…

Cyril ignorait le bras tendu.

« Il n'est pas d'ici, songeait-il, un touriste ?… »

Les yeux bleu nuit se posèrent sur les lièvres inertes au bout du bras de l'homme.

Cyril tendit la main vers le fusil, autoritaire.

— C'est une arme banale.

Dans le silence du bois, Cyril tressaillit. Il leva la tête.

— Chargé ? murmura-t-il.

L'autre acquiesça sans bruit. Les deux détonations sortirent brutalement Totoche de sa somnolence.

L'homme restait ébahi.

— Doublé de perdreaux ! Eh bien…

Cyril lui rendit le fusil. Totoche courait déjà.

— Allez-vous-en, répéta Cyril. Vous n'avez rien à faire ici. Vous n'êtes ni du pays ni bon tireur. Allez-vous-en.

L'autre cassait son fusil, refermait sa gibecière.

— C'est quoi, ici ?

— Chez moi. Le Peyrou. Adieu.

Cyril ne bougeait pas. L'homme se mit en marche.

— Pas par là, dit encore Cyril avant de s'éloigner à son tour.

*

Cyril s'assit ou plutôt se laissa choir sur la chaise que lui désignait Lucien Maroux.

— Allons, petit, un peu de courage…

Ils s'étaient trouvés dans les collines, étaient revenus côte à côte, fusil contre fusil, sans tirer, sans parler.

Il n'y avait plus personne à la mairie. L'employé était parti. L'école était fermée. On voyait encore une ampoule briller cependant. Sans doute l'instituteur qui corrigeait les copies.

Cyril cessa de regarder par la fenêtre. La vue de cette cour l'écœurait…

— Courage ? répéta-t-il en écho.

Puis, plus doucement, il ajouta :

— Je ne suis pas un lâche, Lucien…

Le maire ne répondait rien. Cyril haussa les épaules et reprit, un peu plus haut :

— Je ne suis pas un lâche !

L'autre leva les yeux, considéra Cyril attentivement :

— Je ne sais pas, dit-il en articulant.

Cyril alluma une Gitane.

— Moi non plus d'ailleurs. Crois-tu que ce soit facile ? Même pour un crétin de mon espèce.

— Doucement, petit… dit encore Lucien. Tu ne t'en rends pas vraiment compte. L'avenir… Tu t'en fous, n'est-ce pas ? Mais demain tu pars et tu verras, ce sera dur. Tu ne sais rien. Pauvre gosse… Ta mère n'avait pas tous les torts, sais-tu ? Tu perds ce que tu as de plus précieux. Est-ce que tu pourras revoir ce pays sans haine ?

Cyril souriait par défi.

— Jamais plus. Comme le corbeau de Poe.

— Littérature… Mais c'est autre chose. La vérité peut-être, c'est ce sol, notre lutte. Pourquoi t'es-tu exclu ?

— Tu parles comme le curé, Lucien.

— Je ne parle comme personne. Ni en prêtre ni en maire.

— Ni en ami. Je n'ai pas d'amis.

— Tu l'as décidé. Tu ne donnes rien. Tant pis pour toi.

Cyril regarda son fusil posé sur la table mais il ne se levait pas.

— Tu n'es peut-être pas un lâche mais tu n'as aucun orgueil.

Lucien regrettait sa dureté et souffrait pour l'autre. Et pour ses propres souvenirs.

Cyril s'était enfin levé.

— Tu as soif ? demanda Lucien.

— Ni ça ni autre chose, dit Cyril debout, hésitant.

Ils échangèrent un regard. Une absolue mélancolie y pesait.

— Je te dis au revoir maintenant, murmurait Cyril dont la voix parut lointaine à Lucien.

— Où iras-tu ? Où seras-tu ?

Cyril secoua la tête, exaspéré de souffrance.

— Je ne sais pas, Lucien, je ne sais pas encore.

Le maire se leva maladroitement, bouscula des dossiers et rejoignit Cyril à la porte. Il le prit affectueusement par les épaules, un peu brusquement peut-être.

— Bonne chance, petit, et tâche d'être heureux. Ne m'oublie pas trop…

Lucien avait sans doute encore beaucoup à dire, mais Cyril s'était dégagé de l'étreinte, avait ouvert la porte avec violence et fuyait la mairie en courant, fusil au poing.

Il regagna le Peyrou avec une angoisse indicible. L'épouvantable nuit où les Montignac s'étaient dressés devant lui le laissait inquiet des ténèbres. La malédiction qu'il avait attribuée au Peyrou flottait autour de lui. Pourtant il se sentait harassé par sa nuit blanche et son incursion au cimetière de Grézels.

Il rentra la jeep avec soin puis s'enferma minutieusement dans le Peyrou. Il fit du feu dans la sallette. Il regarda les flammes quelques instants.

« Demain, Joron sera là… »

Cyril frissonna. Demain, déjà !

Il s'assit au bout du banc.

« Je ne pouvais pas, tout à l'heure, avec Lucien… Je ne supporte plus les adieux, les départs, les séparations. »

Alors, Cyril se leva, soucieux. Il décrocha un trousseau de clefs. Il monta jusqu'à mi-palier et s'arrêta devant la chambre d'Adeline.

— Le pèlerinage sera complet, ma mère, murmura-t-il entre ses dents serrées.

Il pénétra dans la pièce obscure, chercha l'interrupteur, et fut saisi par la clarté blafarde qui tomba sur le lit.

*

Après qu'Adeline eut fait part à Cyril de sa décision de quitter le Peyrou, il avait marché toute la journée avec son fusil et son chien, rageusement. Il n'était rentré qu'à la nuit tombée et avait ouvert la porte si brusquement qu'Adeline s'était retournée toute pâle, une main sur le cœur.

— Oh ! Tu m'as fait peur… Où étais-tu donc encore passé ?

— Peu importe, répondit-il, hargneux, en jetant son fusil sur la table.

La crosse heurta une assiette brutalement.

— Voyons, fais attention, gronda-t-elle gentiment.

— Je vous en prie ! cria-t-il sans pouvoir dissimuler sa fureur. Vous n'allez pas me parler de la vaisselle, alors que, ce matin, vous m'annonciez votre départ !

Elle se détourna sans répondre. Il entendait la cuillère de bois qui raclait une marmite en fonte.

— Comme tu es violent, dit-elle enfin d'une voix douce.

Il vint regarder par-dessus son épaule.

— Maman… Vous allez vraiment partir ?

Le ton rauque de son fils fit tressaillir la vieille femme.

— Oui, oui, dit-elle très vite. Il le faut absolument.

— Il le faut ?

Cyril se recula en éclatant d'un rire cruel.

— C'est un devoir nouveau d'abandonner ses enfants ?

— Mangeons, Cyril. Tu as faim ?

Il s'était précipité sur elle d'un mouvement imprévisible.

— Maman, vous ne pouvez pas quitter le Peyrou !

Il la secouait, elle le repoussa.

— Laisse-moi donc ! Tu ne comprends rien.

— À votre lâcheté ? Non, rien !

Elle s'était assise. Il posa une de ses bottes sur le banc, près d'elle, et s'appuya sur son genou levé. Elle le regarda avec étonnement.

— C'est drôle… Le moindre de tes gestes, n'importe laquelle de tes attitudes, toutes tes phrases sont des insolences, des insultes.

Il lui dédia un sourire méprisant. Elle secoua la tête.

— Mon pauvre garçon…

— Votre pauvre enfant oui, merci de me plaindre mais il est un peu tard.

Adeline mangeait en silence, vaguement inquiète du regard posé sur elle. Cyril s'assit à son tour.

— Vous abdiquez, mère ?

— Faute de soutien, oui.

— Mais enfin pourquoi voulez-vous absolument que je travaille au Peyrou ? Vous savez bien que c'est foutu ici. Et pour ce qu'il reste vous vous débrouillez très bien. Vous avez un régisseur, non ?

— Et pas de quoi le payer !

— Renvoyez-le. Les ouvriers aussi. Cela fera des économies.

Songeuse, elle l'observa avec attention.

— Que tu es sot, mon bonhomme, dit-elle enfin.

Il se raidit et chercha une réplique cinglante.

— Décidément vous ne m'aimez pas…

— Non ! protesta-t-elle, blessée, ne dis pas cela ! J'ai tout fait pour toi, est-ce te haïr que te vouloir riche ? Ces terres du Peyrou pourraient être une source de tant de bonheur pour toi, si seulement tu voulais !

Sachant qu'il avait frappé juste, Cyril insistait.

— Si, si, ne vous défendez pas, vous ne m'avez jamais aimé, jamais regardé seulement ! Ni vous ni les autres. C'est comme si je n'avais pas eu de famille avec ces putains de Montignac.

— Cyril !

— Vous m'avez sacrifié à la rentabilité du domaine !

— Non !

— Et vous n'avez même pas été capable de le soutenir ! Vous n'avez retenu aucune des leçons de mon grand-père ! Vous avez assassiné l'exploitation et, sous ce prétexte, vous m'avez ignoré ! Vous…

— Assez ! Assez !

Elle était debout et se bouchait les oreilles, tremblante. Il la regarda, brusquement calmé, et tendit la main vers elle. Il voulut parler mais elle l'arrêta dans son élan.

— Les Montignac m'ont immolée au Peyrou. Ce sont eux qui m'ont retiré mes droits de mère ! Ils m'ont fait travailler jusqu'à épuisement ; ils ont fait de mon fils un ennemi ! Oh, mon Dieu… En me dévouant tout entière aux aspirations chimériques de Raoul, c'est toi que j'ai perdu. Tu me fais mal pour te venger, mon petit Cyril, mon fils…

Elle pleurait, toujours debout au milieu de la sallette. Il la toisait, impavide. Le départ imminent de sa mère le mettait tellement en colère qu'il oubliait tout à fait son angoisse et son chagrin.

— L'affaiblissement, la dégénérescence du Peyrou, à qui les dois-je ? À mon grand-père ? À votre mari ? À vous ?

— À toi ! cria-t-elle, secouée de sanglots. Tu n'es qu'un petit orgueilleux. Un misérable juste capable de vaguer de collines en bois avec ce chien derrière toi ! Un enfant en proie à des hallucinations. Tu vois bien que je n'ai pas la force de tout soutenir ! Tu n'as pas compris que les tiens m'ont usée ? Tu es la caricature des pires Montignac.

Elle s'effondra sur le banc et laissa aller sa tête près de son assiette. Elle suffoquait.

— Oui, je suis lâche de partir… Mais qu'as-tu fait depuis que tu es né pour tenter de me secourir ? Oh, que je suis fatiguée de ta maison ! Ta maison ! Rien n'est à moi ici. Je n'ai que le droit de pleurer et de partir… Mon enfant ! Cyril !

Elle essaya de se relever pour l'empêcher de partir mais il la repoussa et jeta d'une voix sourde, avant de claquer la porte :

— Oui, votre enfant vous les donne ces droits-là. Pleurez, partez, faites ce que vous pouvez…

… Cyril se relève d'un bond. Il quitte le lit, la chambre d'Adeline et, tentant d'échapper aux terrifiants remords qui l'assaillent, il dévale l'escalier en hurlant :

— Totoche ! Totoche !

*

— Il faudrait prévoir aussi du champagne, pour le dessert. Tu n'auras qu'à mettre la nappe bleue. Tu sais ? Et puis, surtout, n'oublie pas de dire à Paule que, quand elle passe les plats…

Michel Delande fit une pause pour choisir un toast bien grillé.

— C'est toujours à gauche ! Tu n'as jamais remarqué comme elle penche les plats ? Dis-lui donc, chérie, qu'il vaudrait mieux que ce soit elle qui se penche !

Il eut un rire satisfait. Sa femme lui tendit le sucrier au moment précis où il allait s'agacer de le chercher des yeux.

— Merci, Sarah. Alors, tu t'occupes de tout, n'est-ce pas ?

Elle se leva brusquement.

— J'essaierai. Je vais prendre un peu l'air ce matin...

Michel la regarda.

— Oui, tu as mauvaise mine. Quelque chose ne va pas ? Passe donc à mon cabinet tout à l'heure...

— Non, Michel, je t'ai dit que je voulais me promener...

— Ah, oui. Bon, enfin, donne des ordres précis à Paule et ne sois pas en retard. Quand comptes-tu faire réparer la Mercedes ? À mon avis c'est le joint de culasse... Enfin je ne suis pas garagiste... Déjà 10 heures ! Je file.

Il bouscula sa chaise, ramassa sa serviette et sortit. Elle le laissa partir avec soulagement. Elle erra quelque temps dans la salle à manger Louis XVI avant de remonter jusqu'à sa chambre.

« Ma chambre, ma salle de bains, mes petites habitudes dérisoires et déprimantes... »

Elle s'assit sur le pouf de velours, devant la coiffeuse.

« Mauvaise mine ? Oui, assez. Dix heures... Cyril a peut-être quitté le Peyrou... Comme tout est en ordre ici ! Précieux et mesuré... »

Elle n'avait aucune envie d'appeler Paule. Aucune envie de passer au cabinet de Michel. Aucune envie particulière.

« Il faudrait que je monte lui dire au revoir s'il est encore là... Plus tard, je ne saurai jamais ce qu'il est devenu... »

Sa liaison avec Cyril l'étonna tout à coup. Le petit Montignac avait donc pris tant d'importance ? Elle avait vécu jusque-là sans inquiétude. Saint-Cirq-Lapopie était proche et lointain, le Peyrou de Cyril un port, une escale. Sarah aimait bien Michel. Il l'avait épousée alors qu'elle terminait sa licence d'anglais. Ils avaient été heureux avec calme et méthode. Tranquillement heureux.

« Je ne saurai jamais ce qu'il est devenu… » se répétait-elle tristement.

Elle se leva et choisit un manteau.

« Je ne suis qu'une petite bourgeoise même pas loyale… »

Elle jeta un dernier coup d'œil à la glace de la salle de bains.

« Et je ne suis plus très jolie… »

Elle n'hésita qu'une seconde avant de se précipiter dans l'escalier.

« Oh, si seulement il avait pu m'aimer ! Même un peu… »

7

De vagues herbes jaunes

L'enfance sait ce qu'elle veut. Elle veut sortir de l'enfance.

Jean Cocteau.

Cyril leva les yeux vers le ciel pâle de février. Quitter le Peyrou. Voilà. Trois mots insignifiants, une petite phrase au bout de laquelle claquait ce nom bien connu de Peyrou comme un drapeau sur un stade.

Adeline, un jour, avait supplié :

— Ce domaine qui est le tien, comment peux-tu le voir se dégrader sans avoir envie de le sauver ?

Adeline était morte. L'iniquité de Cyril hantait le Peyrou depuis six ans.

Déjà, une grande partie du mobilier était entassée dans un garde-meuble. Où se réfugier, où finir sa vie ?

L'œuvre de Gilbert et de Raoul était détruite.

— Le Peyrou se meurt !

Pourtant, ni les murs ni la maison ne devaient disparaître. L'exploitation nouvelle de Joron emplirait l'air du bruit des tracteurs, des camions, des cris des paysans.

Montignac ? La consonance d'un souvenir dans l'esprit des voisins les plus proches.

Reconversion, qu'est-ce que ça signifie ? Quelque chose est-il né hors le Peyrou ? Quelle réalité ? Et sous quel règne se placer ? La non-existence, c'est l'absence de cause. L'entité du Peyrou s'effrite enfin. Aucun espoir. Ni sérénité ni apaisement. Un adieu sans retour. Un départ sans délai. Refuser ? Non, même en rêvant encore. Même en ultime jeu.

Le « 16 » de Cyril n'aboiera plus, Totoche n'a pas le cœur à rire.

*

« Le Peyrou à Saint-Cirq-Lapopie, 8 février 1970.

Alrick, Alrick, que vais-je faire de toi ? Joron ne t'aura pas, je te l'ai promis. Mais il faudra te séparer de ton ami Totoche... Et de moi. J'ai été brutal avec toi, sans raison. J'ai eu peur, parfois, et je t'ai mal compris. À quel destin vais-je te vendre ? Tu m'en voudras, Alrick...

Je me souviens... Ce bruit effroyable d'incendie et tous ces gens enfermés... La charpente s'effondre... Est-ce ce jour-là que j'ai perdu mon courage ? Je sais que j'aurais dû sauver le Peyrou. J'aurais pu, peut-être, mais lorsque Adeline nous a quittés, il n'était déjà plus temps.

Adeline, ma mère... Est-ce que la couleur de ce vin du Peyrou était plus importante, plus précieuse que le regard de votre fils ?

Paysanne avant que d'être mère, usée par ce Peyrou qui n'était pas le vôtre, absorbée par ce patrimoine des Montignac que vous n'avez jamais aimés…

Je ne sais pas si vous avez eu des remords de cet abandon mais j'en ai eu tant de votre départ…

… Mais non, j'ai tort, c'est vous qui m'avez trahi. Vous avez cru pouvoir maîtriser le Peyrou et c'est lui qui vous a vaincue. Il est plus fort que tout le monde ! Il voulait sa liberté… Votre place est à Grézels, ma mère, et vous y reposez, sans doute en paix…

Je n'ai eu qu'un chien pour compagnon. Cet homme, que vous avez fait, est encore un enfant.

Totoche me regarde comme Alrick autrefois, avec un air de doux reproche. Il m'attire vers lui comme un grand calme. Le Peyrou m'a renié. Joron installera lourdement sa graisse et ses comptes partout où mon enfance a saigné… Joron mourra ici, mais qu'il n'espère pas trop. Parmi ses enfants, un jour, un Cyril viendra. Un autre moi qui croira posséder cette terre et ces pierres et qui en sera chassé, banni.

À quoi pourrais-je résumer mon adieu à la terre ?

Lui, c'était Alrick, et moi je ne suis rien. »

*

Atteint au plus profond de son orgueil d'homme et de ses tendresses d'enfant, Cyril écoutait sonner ses bottes sur les pavés de la cour. Les griffes de Totoche répondaient en écho.

L'église de Saint-Cirq sonnait 8 heures. Cyril releva le col de son blouson. La fourrure caressa sa joue agréablement. Impossible d'expliquer pourquoi il avait pris son fusil. Un dernier meurtre au Peyrou ? Meurtre ?… C'est Cyril qu'on assassine ce matin. Victime résignée qui erre, languide et désillusionnée.

Cyril se dirigea vers la colline de la Peyre. Ce courage devait bien être quelque part, il aurait fallu le retrouver. Cyril passa devant le hangar où Alrick semblait attendre. Son maître accepta de troubler sa solitude.

« J'irai plus vite à cheval, le Peyrou est long à parcourir ! »

Poser la selle, placer la bride, réaccomplir les gestes familiers, leur accorder une attention particulière.

Un matin de février comme n'importe quel autre.

Alrick était tout particulièrement joyeux. Cyril se laissait bercer par le galop. Il fut vite au sommet de la colline. Le cheval s'immobilisa. Est-ce que Joron prendrait le temps de contempler ce paysage ? Un paysage tout neuf pour lui, sans souvenirs, un mystère épais qui ne le troublerait pas, une fenêtre ouverte sur l'inconnu.

« Il me reste un petit bout de cœur tendre pour cette colline et sa vallée. »

Quiconque eût pu voir Cyril à cet instant l'aurait trouvé beau, très beau. Un regard triste, intense, des cheveux fous, une silhouette libre de tout.

Derrière Cyril et Alrick, sur l'autre versant, les vignes du Peyrou, blanches de gel… Le cavalier, avec une assurance inhabituelle, resserra ses bottes sur les flancs de l'étalon. Alrick s'enfuit vers la combe. Il se hâtait pour remonter vers Berganty. Les fers détonaient sur les plaques de rochers. Les genièvres griffaient à la sangle. Le long des clôtures affaissées, au-dessus des murets de pierres sèches : accablante chevauchée qui les étourdissait.

Que crois-tu donc avoir recréé au Peyrou ? Le Moyen Âge ? Pas question de fuir le monde, il vous rattrape et vous noie. Les siècles et le temps s'écoulent inlassables.

Une pause sur le plateau de Crégols. Le Peyrou derrière eux, très loin, les regardait jouer avec dédain.

— Totoche ! Viens ici…

Dommage pour le chien, il avait débusqué un lièvre.

« Peut-être aurait-il mieux valu laisser brûler le Peyrou tout entier ? J'aurais préféré te voir en cendres plutôt qu'aux mains de ce paysan ! »

Ne les méprise pas, Cyril, ils te détiennent.

« Je n'ai pas eu ce courage, de quel droit l'aurais-je eu ? »

Ils étaient repartis, doucement, vers Tour-de-Faure, dont le Lot les séparait. De temps à autre le fusil, inerte, battait les flancs du cheval et la jambe du cavalier.

Déchirement, abandon, château de sable à marée haute, labyrinthe de factures sur papier glacé, usurpation de pouvoir, jugement par contumace.

De la terre brune sous le gel, des fissures comme des séismes, chaque caillou a la parole.

— Mais le nom ! Le nom au moins ! Je n'ai pas le droit de l'emporter ? Peyrou ! Peyrou ! C'est à moi…

Pas question. C'est à la terre, aux voisins, au pays, aux habitudes. C'est aux pierres, aux pigeonniers, aux vallées ; avec lui, tu ne rebaptiseras rien. Aucun domaine ne subira cet héritage.

Combien de matinées d'inconscience a-t-il fallu, d'heures de rêves, de nuits de fantasmes, de légendes ressassées, de cris inutiles au chien et au vent, pour réduire à l'agonie le Peyrou ? Avec un peu de volonté, avec un emprunt bancaire, avec l'achat des machines nécessaires à l'exploitation, avec des idées jeunes, avec cette terre prête à donner du bon vin, avec trois fois rien et trois fois trop, Cyril aurait sauvé sa maison. Mais non… Indolent, farouche, il avait considéré d'un œil impavide cette menaçante hypothèque qui pesait sur le toit sans savoir que c'était la meilleure partie de lui-même qu'il hypothéquait.

Avoir reçu le Peyrou dans son berceau, l'avoir transformé en factures impayées, en dettes écrasantes, avoir dû accrocher un jour l'écriteau : « À vendre »…

Avoir voulu collectionner les fusils comme un caprice seigneurial lorsqu'on n'est qu'un paysan ruiné. S'être cru riche à claquer des dents sous des voûtes moyenâgeuses ! S'être octroyé ce titre de maître ! Dérision… Lamentable erreur. Maître de rien. Ou du poids des siècles qui va faire basculer les pierres ? Ou du morne abandon qui ronge le Peyrou ? Ou du froid installé partout, du vent qui se promène, pourquoi pas ?

Mais il aurait fallu, au moins, être un homme. C'est-à-dire un être intégré à un contexte social. Le refus de regarder autour de soi et d'accepter que d'autres peuvent exister, ne jamais avoir voulu tendre la main vers quelqu'un ou quelque chose, s'être satisfait de soi-même avec orgueil : c'était préparer efficacement un avenir de solitude à peine troublé de haine. Une maison, une maison pour tout compagnon ! Et un chien qui ne vous juge pas, bien sûr ! Même Lucien Maroux, écouté d'une oreille distraite, inapte à véritablement entendre. L'indigence d'une existence profondément inutile, le paradoxe des rêves de gloire et des lâchetés quotidiennes, la beauté des gestes et des images mais sans plus aucun spectateur, la lutte stérile pour se justifier, la sensibilité exacerbée exclusivement par introspection, la certitude inepte de se suffire : un tout qui viendra s'ajouter à l'exil.

Maître ? Pauvre Cyril… Tu domines l'ovale dessiné par Conduché, le Port, Tour-de-Faure, Crégols, Berganty et la Peyre, mais tu ne le domines que parce que le rocher l'a décidé. D'ailleurs le Lot te nargue, arbitre de cet ovale qui n'est qu'à ceux qui l'ont gagné. Et encore… Demande-leur…

Un jeu auquel tu n'as rien compris. Tu ne sais pas le prix qu'exigent ces rocs. Tu ne sais pas comment on traite la terre. Tu ne sais rien. Même pas comment on souffre. Même pas comment on part. Même pas si tu existeras hors le Peyrou.

*

Alrick s'arrête brusquement, il tend ses oreilles devant lui, écoute, attentif. Au loin, sur la pelouse, une voiture est arrêtée mais ce n'est pas encore Joron, seulement la Mercedes de Sarah.

— Hello, Montignac !

Elle s'approche du cheval, tend la main vers l'encolure, mais Alrick fait un brusque écart.

— Il est sauvage, dit la femme un peu vexée, il est comme toi.

Elle regarde le splendide alezan, sa longue crinière délavée, son air de défi.

— Tu pourrais dire bonjour…

Cyril saute à terre, esquisse un sourire vers la femme.

— Il y a des lambeaux de brume ce matin, dit-il en guise de bienvenue.

Sarah sait que ce matin est le dernier.

— Que vas-tu faire de lui ?

— Il ira dans un club hippique à Cahors, pour deux ou trois mois, on verra après.

Ils rentrent dans le château qui paraît pauvre ce matin. Froid, sans ses meubles et ses feux de cheminée, imposant comme à l'heure de la mort, trop digne et dévêtu, attendant l'autre…

Sarah a souvent craint, lorsqu'elle montait au Peyrou, que Cyril ne la chasse et ne lui interdise sa porte, elle a redouté ses colères, mais maintenant, elle accepte de partager sa honte, ils sont deux à être chassés. Elle ne sait pas quoi lui dire. Elle est assise comme en visite ; lui aussi. Il n'y a même plus l'horloge pour rythmer les silences. Totoche n'en dort plus. Il va, vient, inlassable d'inquiétude. Son maître le suit du regard.

— Ce ne sera plus jamais pareil…

Où a-t-il trouvé le courage et l'humilité de prononcer cette phrase ? Et il n'y a rien à faire pour lui. On ne peut même pas lui tendre la main pour le guider sur ses nouveaux chemins. Sarah n'avait jamais vu une telle détresse. Elle ne savait pas que, même et surtout muet, c'est ça le désespoir.

« Il y a pire, songe-t-elle, il y a toujours pire, mais rien ne sera plus aussi triste que ça ! »

Un instant de silence, l'équilibre instable du malheur qui s'installe. La fin d'une histoire sans paroles. Rideau. On ferme ! Cet acteur, en coulisse, c'était un prince…

— Que comptes-tu faire, Montignac ?

Elle n'a même pas le courage de prononcer son prénom, elle a peur d'être trop tendre et de le blesser un peu plus. Il semble si vulnérable et si mutilé, cet enfant à la dérive…

— Sais pas.

Il ne s'appesantit pas sur son drame, il ne l'enjolive pas, il vit en dépit de lui-même et des autres.

Elle avait tout prévu, Sarah, mais pas que soudain il se lève, brutal à son habitude, qu'il se jette contre elle mais sans désir d'homme, qu'il cherche un instant à fuir, dans une épaule de femme, tout ce monde extérieur contre lequel il ne sait pas lutter.

Elle le croyait capable de tout sauf de cette seconde de sincérité. Il ne crie pas, il ne pleure pas, il s'appuie de tout le poids de sa défaite. Trop surprise, elle n'a pas eu le temps d'esquiver le geste de Cyril ou d'en esquisser un autre que déjà il s'est repris, éloigné.

Il trouve un verre oublié, ouvre le robinet de l'évier, boit l'eau froide à longs traits et sourit vaguement avant de quitter la sallette.

Elle est là, avec ses bras qui n'ont servi à rien, pendant le long de son corps de femme inutile, avec un grand regret dans la tête, avec des larmes qui coulent sur son beau visage. Elle est là, au milieu de cette sallette démeublée, encore plus abandonnée que l'homme qui vient de fuir.

*

Pour la première fois de la matinée, Cyril se sentit gai. Avec, même, une insurmontable envie de rire, à la vue de la soutane que le vent soulevait. Le curé de Saint-Cirq se hâtait sur le chemin du Peyrou, malgré le vent, en retenant d'une main son chapeau et abaissant de l'autre le bas de sa robe qui folâtrait vers les clôtures du pré perdu.

— Totoche, préparons-nous ! Le délégué du Seigneur vient nous mettre en garde contre les périls qui nous attendent…

Cyril observait l'approche de l'ecclésiastique, toujours ironique et déjà un peu amer.

— On va avoir droit à tout. Les reproches, les conseils, la part du feu, la menace de l'au-delà, les péchés véniels et l'acte de contrition… Vois-tu, mon Totoche, le rendez-vous de février c'est le Peyrou !

Mais on frappait et Cyril, à regret, se déplaça vers la porte.

— Bonjour, mon père ! Entrez vite, on meurt de froid. Rien à vous offrir à boire par contre. Ou un peu d'eau si vous le désirez absolument…

— Bonjour, mon fils… hésitait le curé au seuil de la sallette, regardant avec consternation le vide démesuré.

— Cela change, n'est-ce pas ? On croyait le Peyrou désert et l'y voici vraiment. Vos fidèles se réjouissent, je présume ?

— Non, non, ne dites pas cela. Personne n'a le droit de se satisfaire de la détresse des autres. En tout cas, moi je vous plains.

Cyril eut encore un mot poli.

— Oh, je vous en prie, cela n'en vaut pas la peine. Le Peyrou était très lourd à porter.

— Sans doute. Mais je sais combien les gens d'ici, et vous en particulier, pouvez être attachés à vos terres, à vos maisons, à vos souvenirs.

— Pas de comparaisons faciles, mon père ! Je vous le demande comme une faveur. Une dernière fois je veux me dissocier. Les souvenirs, vous savez, on croit que c'est terriblement nécessaire, à condition qu'ils soient limpides. Les miens sont angoissés.

Le curé, d'un geste inattendu, ôta son chapeau démodé, le posa sur la paillasse de l'évier et s'appuya au mur.

— Voyons, Cyril, soyez sérieux… C'est un peu alarmant à la fin cette inconscience délibérée.

— Comment ! Vous approuvez avec tellement d'énergie cet amour du matériel, du vulgaire. L'attachement à la terre, aux biens, que vous prônez devrait vous être plus répréhensible que ce détachement qui, à vos yeux, me caractérise…

— Je connais les hommes, mon enfant. Et je sais leurs faiblesses. Nous avons tous besoin d'un but, de passions, de choses à toucher du doigt… Moi, j'ai la foi en Dieu, c'est différent, mais c'est tout de même l'amour de quelqu'un. C'est une raison de sacrifice, d'héroïsme peut-être et…

— Oh ! Seigneur… Regardez votre prêtre qui fait du narcissisme à travers la vocation ! Héroïque et sacrifié sur l'autel ! Quel orgueil…

Le curé avait à peine tressailli. Il ne releva pas l'injure. Il esquissa un sourire contraint.

— C'est un peu indigent comme cruauté, murmura-t-il seulement.

Les deux hommes se mesuraient du regard, responsables de l'autre et éperdument solitaires.

— Je vous présente mes excuses, concéda Cyril.

— Je voulais que vous acceptiez…

— Quoi ?

— Ce départ, ce désert. Cyril, j'aurais aimé vous dire quelque chose, mais vous êtes trop lointain… Et cet air malheureux qui vous accompagne, de quoi procède-t-il ? Si vous n'aviez pas aimé le Peyrou, ne l'auriez-vous pas déjà vendu ? Me Chassloux, que je connais bien…

— Me Chassloux est un bavard ! Méfiez-vous, c'est la brebis galeuse de votre troupeau. Sa façon à lui d'être serviable, c'est la pitié. À l'aveuglette. Le raz de marée de la pitié. Il faut absolument que ses clients soient des cas désespérés. C'est le prestige de ses défaites.

Cyril alluma une cigarette et s'assit par terre, loin du prêtre. Il se mit à jouer avec les oreilles de Totoche.

— Vous étiez peut-être uniquement venu me dire au revoir… Ne me parlez pas de Dieu. Ce n'est pas Lui qui a créé les droits de succession. Mais, pourquoi la pierre, censément solide, retombe-t-elle toujours si lourdement ?

— Parce que vous l'empilez trop haut… répondit l'ecclésiastique avec beaucoup de sérieux.

— Bah, ce n'est pas moi qui ai construit le Peyrou, n'est-ce pas ? Avez-vous réellement quelque chose à me reprocher ?

— Moi ? Rien… Vous vous sentez coupable ? Vous n'accepteriez aucun reproche. Même pas un conseil.

— Alors vous êtes venu voir ? Simple curiosité du préposé aux âmes ? Comment concevez-vous la mienne ?

— … Émue.

Le silence les sépara quelques instants. Cyril soupira.

— Je vous avoue que j'ai été très violent ces derniers temps, et tout particulièrement négligent. Lucien

Maroux m'a poussé à des confidences superflues. Vous-même m'avez donné à réfléchir. Mais je ne suis ni bavard ni confiant. J'aurais été moins malheureux si j'avais pu encore me taire. Voyez-vous, le drame, c'est de s'extérioriser. Parce qu'on fixe les événements, leurs tenants et leurs aboutissants. Je ne nierai pas non plus, si vous osiez le demander, que cette matinée m'est insupportable parce qu'elle est la dernière de quelque chose qui s'appellera un jour une part de mon existence. Et pour être tout à fait sincère, je vous trouve un peu timoré, même pour un curé de campagne…

Lourdement, le prêtre s'assit sans croiser les jambes, à même le sol.

— Vous m'accusez de curiosité puis de timidité. Vais-je trop loin ou pas assez ? Vous le dites vous-même, vous avez trop abusé de violence pour avoir envie de vous mettre en colère.

— Allez où vous voulez, répondit sourdement Cyril. Vous êtes forcément ici pour quelque chose. Vous n'êtes pas monté depuis dix ans…

— Je ne voulais que vous dire au revoir. Et je suis sincère. Vous ne vous seriez pas arrêté à Saint-Cirq, n'est-ce pas ?

Cyril paraissait accablé soudain.

— Non. Évidemment pas. Adieu, mon père…

Le prêtre perçut l'étrange lumière du regard de l'autre.

« Oh, mon Dieu, aidez-moi à le soutenir. Cet enfant pleure et je suis impuissant devant sa souffrance… »

— Ne me dites pas que je suis jeune, continuait Cyril avec amertume, la jeunesse c'est le courage, l'avenir. Moi, je suis anéanti, épuisé, vous comprenez ? Ce n'est pas de la paresse ni de la résignation. C'est terrible, mon père, c'est comme un sort. Il y a du brouillard partout autour de moi et je n'ai pas la force de me débattre…

— Il faut lutter, Cyril ! Vous n'êtes pas si seul ! Il y a votre grand ami Lucien, et puis une femme m'a-t-on dit. Il y aurait moi si vous le souhaitiez, et Me Chassloux qui a tant d'affection pour vous. Il y a aussi l'argent que nous ne pouvons plus nier et les années de force physique qui vous restent. Il y a ce merveilleux Lot que vous connaissez si bien et…

— Assez ! Ce serait même trop ! Il y manque le principal.

Cyril repoussa Totoche et se releva.

— Il me manque la force morale ; la volonté de survivre. Je n'existe même pas aux yeux de certaines lois sociales. C'est dérisoire, c'est bête, c'est peut-être amusant mais c'est aussi insupportable. Vous, Lucien, la « femme-inconnue », les villageois, vous me répétez qu'il faudrait que, qu'il vaudrait mieux, qu'il serait bon. Vos conditionnels m'assomment ! Vos visites me fatiguent. Je suis guéri. Mais ma convalescence ne me permet pas ces interminables assauts de recommandations. Comme vous êtes tous lucides face au destin d'autrui ! Magnanimes et grandioses, imperturbables, d'acier, d'airain ! Abreuvés de grands exemples, de saines lectures, d'éducation sévère, de labeur, de contraintes, et incapables de vous élever assez pour comprendre la beauté de certaines choses élaborées avec moins de rigueur ! Vous voyez avec l'étroitesse de vos communes ! Le Peyrou et moi n'avions pas de mesures. Nous avons assouvi côte à côte un désir douloureux de liberté. Nous avons réussi ce que personne n'ose : la cohabitation dans la tolérance. Ah, que c'est grotesque ! Je lui ai tué son gibier, il a tué mon budget ! Vous ai-je précisé que l'histoire se termine ici ? Allons, curé, vous pouvez circuler !

Cyril appuya sa joue contre la pierre, tournant le dos au prêtre. Exaspéré, découragé, il avait peut-être même oublié qu'il n'était pas seul.

— Tragique, admettait sèchement le curé dans son dos, parfaitement tragique ! Vous baissez le rideau après une étourdissante sortie. Que comptez-vous faire en coulisse désormais ?

— Dormir sans rêves. Du sommeil de l'injuste. Je suis très las.

— Ah ! Et Dieu ? Si je puis me permettre cette impertinence ?

— N'essayez surtout pas d'être drôle. Votre Dieu me veillera tendrement.

Le curé se leva avec peine.

— Vous avez divagué avec beaucoup d'esprit, mon petit Cyril, je suis content d'avoir été votre public. Vous en aviez besoin. Je ne peux rien faire d'autre ?

— Vous pouvez partir. Avec mes vœux pour votre paroisse, ma promesse d'être sage et le désir d'avoir la paix cinq minutes pour dire au revoir à ma maison en tête à tête.

Cyril s'était repris. Il avait parlé d'une voix coupante. Le prêtre ne manifesta aucune réprobation.

— Bonne chance, Montignac. L'église de Saint-Cirq sera toujours ouverte…

— Oui, jusqu'à la prochaine guerre où elle s'effondrera peut-être en cendres !

Le curé se retourna à la porte. Il dévisagea Cyril sans bienveillance cette fois. Alors le jeune homme ajouta très vite, en dernière injure :

— Vous pouvez aussi dire, dans votre sale petit village, que vous avez croisé une Mercedes en montant ici. Dites aussi qu'Elle s'appelle Sarah et qu'Elle est belle…

En serrant très fort son chapeau, le prêtre murmura :

— Si vous ne croyez plus en rien, essayez donc de croire en vous-même…

*

Cyril est assis dans le hangar qui abrite Alrick depuis l'incendie.

— Alors, vieux frère, prêt au départ ?

Le cheval alezan le regarde en silence. Il ne juge pas, lui, il attend avec son calme d'animal, ignorant mais confiant en l'avenir. Il n'a pas d'ambition, Alrick, mais il se sent chez lui et il ne sait pas qu'on va l'en chasser. Totoche aussi est couché dans la paille. Il est plus tranquille entre son maître et son ami que dans cette affreuse salette déserte. Totoche sait que le printemps n'est plus très loin.

— Tu es un chien pour rire, lui dit Cyril. Totoche, jamais personne ne te prendra au sérieux.

Totoche est ravi. Il n'a rien compris mais c'est une vraie fête quand son maître parle.

Cyril ne sait pas où il va dormir ce soir, il trouve cette incertitude presque drôle. Il est content que Sarah soit partie. Il craint un peu les jugements de cette femme, trop habitué qu'il est à vivre sans public. Il la craint surtout en souvenir de sa mère. Il n'aura sûrement plus jamais envie de la voir.

— Nous sommes des vagabonds en puissance, affirme encore Cyril, tu peux venir, Joron…

Il y a dans tout ça une infinie mélancolie, Sarah avait raison. Cyril regagne la maison.

*

Que se passe-t-il au Peyrou en sursis ?

Cyril a attaché la remorque qui traînera Alrick, à la jeep. Sa selle et son fusil sont à l'arrière, il s'apprête à descendre, il va falloir traverser le village…

Il est appuyé à la grille, le front posé entre deux barreaux, il regarde sa demeure, il lui murmure plein de choses heureuses pour l'avenir. Sans rancune, Peyrou, et chapeau bas.

Les yeux bleu nuit contemplent intensément le décor de leur enfance, une seconde, avant que tout cela ne bascule dans le néant d'un oubli à construire. Les champs gelés, les vignes mutilées, les collines blanches ont des visages de fin d'hiver, de fin du monde. Au milieu du chemin communal qui mène au Peyrou et où, jadis, Adeline avait trouvé Totoche, la neige a fondu, découvrant des plaques d'herbe brûlée de froid. De loin en loin, la glace cède, l'air est doux aujourd'hui, pour la première fois depuis trois mois.

Et, sur la neige rase et pauvre, tout le long de la route qui descend vers Saint-Cirq, cette route que la jeep suivra tout à l'heure, alourdie du poids d'Alrick, en signe avant-coureur du printemps, pour égayer la matinée et pour dire au revoir à Cyril, à droite et à gauche du chemin ont resurgi de vagues herbes jaunes.

*

On ne parle que de ça à Saint-Cirq. On attend Cyril. On guette sa jeep sur le chemin. On se demande où il va aller. S'il va quitter le pays comme ça, sans un mot pour personne ni un geste d'adieu. On se demande si, quand même, il ne la regrette pas un peu sa demeure familiale. Si, au moment de la quitter, il ne se rend pas compte que tout ça, c'est sa faute. On se demande comment il sera, l'autre, le Joron. On ne trouve pas qu'il ait une tête bien sympathique. Il paraît qu'il va replanter de la vigne, rendre sa dignité à la terre du Peyrou, il paraît qu'il compte s'installer le plus vite possible, il paraît…

Il va bientôt être midi au clocher du village. Il y a un petit air de fête dans le vent d'aujourd'hui.

— Ça devait finir comme ça…

Quelques-uns l'ont dit, c'était à prévoir. D'ailleurs… où que l'homme se fixe, il n'est que de passage.

Les habitants du petit village de Saint-Cirq-Lapopie sont embusqués derrière leurs rideaux coquets. On veut constater la défaite de Montignac. Non-lieu. Pas eu de lutte. Sans résistance on a touché la terre du front. La terre… Finis les lièvres et les perdreaux abattus d'un coup de fusil trop sûr ! Finies les promenades sur ce trop superbe cheval. Fini de narguer tout le monde et de vivre sur un prestige en cours de dévaluation. Les villageois iront à l'enterrement avec confiance. Ça lui apprendra à pas dire bonjour ! À pas faire comme tout le monde ! À pas avoir voulu, au moins, s'excuser d'être ce qu'il était.

Et allez ! Tous les griefs et les jalousies ressortis. Pas de pitié pour Montignac. On les a trop craints, on peut les mépriser, en rire, pas de risques cette fois, gros propriétaire, tu parles ! Les flonflons de la mesquinerie, les confettis sordides, fête au village.

Pauvre Cyril. Les gens haïssent tout ce qu'ils ne comprennent pas, tout ce qui ne leur ressemble pas.

« Je ne crois pas qu'ils soient cruels, ils ne sont que bêtes… » pensait Cyril autrefois.

C'est presque la chute de l'Empire romain. Gilbert Montignac pourrait tout à la fois être fier et honteux ce matin.

*

Mais tant pis pour le Peyrou. La vie n'est pas que dans le passé. Abandonner les Montignac à leurs délires, leurs ambitions, leurs calculs d'une autre époque. Les revaloriser peut-être. Autrement.

« Je suis un Montignac du Lot… » Il faudra t'en persuader.

Se reconstruire un univers, pour soi, à sa mesure.

Cyril… As-tu une mesure ? Une limite ?

« Je créerai les miennes. » Mais ce ne sera plus toi.

Les frontières du Peyrou étaient celles de la liberté. L'échec réclame une revanche avec autant de force silencieuse que Cyril appelait la tendresse.

« S'attacher, ailleurs, les hommes n'ont pas de racines. » En es-tu certain ?

Le Peyrou est un rêve mutilé qui s'évanouit déjà. Tu ne quitteras sans doute jamais ce pays. Tu vas enfin l'exploiter. C'est le seul chemin du respect.

« C'était donc ça ? Et seulement ça ? »

La vie, c'est ça.

Recommencer… Ailleurs. Commencer, enfin. Avec les millions de Joron, la vente des meubles, « je ne veux rien qui leur appartienne », avec un courage tout neuf et la certitude de mener à bien tout ce qui aurait dû être fait au Peyrou. Mener cette œuvre comme on bâtit une vengeance, comme on fonde un foyer, comme on colonise un pays. Et dans quelques années, peut-être, avoir reconstruit, plus loin, tout ce qu'on a laissé se démanteler sans faire un geste. « Je sais à présent ces dangers du temps qui passe. » Vouloir mieux, plus grand encore, plus beau peut-être. Un jour le domaine de Joron sera ridicule !

Cyril le sait. Issue de sa blessure profonde, une volonté nouvelle brille en lui. Comme un grand feu. De joie. Oradour… Les larmes n'éteindront pas cet incendie. Seules les pierres du Lot, l'exigence de la terre et les années d'espoir viendront l'étouffer. « Ailleurs mais tout de suite. Qu'y a-t-il à vendre dans la région ? »

Les fantômes de Gilbert, de Raoul et d'Adeline guideront Cyril qui s'arrache de la haute grille sans regrets.

À cause d'Adeline, le Peyrou est mort, il renaîtra ailleurs. Cyril n'est plus, déjà, qu'un paysan du Quercy qui oubliera les légendes, qui n'aura jamais le temps de s'attarder sur de vieux manuscrits, que les flammes ne font même plus fuir et que l'épaule d'une femme a pu attirer.

Mais l'enfance de Cyril reste au Peyrou. Et l'ombre de cet adolescent y est installée à jamais, en deçà du soleil. Car Cyril ne peut pas quitter vraiment sa demeure. Même si Montignac s'en va.

Le fusil va rouiller. On vendra les autres. Pour acheter des tracteurs. Totoche vieillira.

En Cyril, est-ce Gilbert qui vient de renaître ? Il faut que tout le pays sache ce que ce nom de Montignac veut encore dire.

Tu as peut-être perdu ton charme, Cyril, en acceptant l'inacceptable… Et qui sommes-nous donc pour croire à notre propre souffrance ?

Car, à midi, la camionnette de Joron apparaîtra au bout du chemin et il y aura un nouveau maître au Peyrou.

Composition et mise en pages
Nord Compo à Villeneuve-d'Ascq

Achevé d'imprimer en Italie
par Grafica Veneta S.p.A.
en septembre 2024

#lisez engagé !
www.lisez.com

Pour plus d'information :

Imprimé sur du papier issu de forêts gérées durablement.

POCKET – 92, avenue de France, 75013 Paris

S34430/01